嘘つき姫

坂崎かおる
Sakasaki Kaoru

河出書房新社

CONTENTS

噓つき姫

ニューヨークの魔女

ニューヨークに魔女はいない。

これは歴史も証明している。魔女狩りというと、近世でのヨーロッパのイメージが強いかもしれない。だが、植民地時代のアメリカにおいても、数は劣るとはいえ、それは例外ではなかった。有名なところでは一七世紀のセイラム魔女裁判があるが、他にもいくつか記録が残っている。バージニア、メリーランド、ペンシルベニア。主に女たちは、ヨーロッパの騒動同様、魔女として嫌疑をかけられ、訴追され、裁判にかけられた。もしくは裁判にかけられる前に迫害にあい、運が悪ければ殺された。

その中で、ニューヨークは、魔女狩りにおいて聖域に近かった。他の州や郡に比べれば、魔女裁判自体がこの地では少なかった。これは、当時のニューヨークが、魔女裁判について懐疑的だったオランダの統治下にあったためだろう。告発された魔女被疑者たちは、ニューヨークに親類縁者がいれば幸いで、いない場合も、遠路はるばるかの町を目指した。

無論、ニューヨークにも魔女裁判がなかったわけではない。キャサリン・ハリソンやエリザベス・ギャリックといった名前を見つけることはすぐにできる。だが、多くの裁判記録は、一九一一年のニューヨーク州議会議事堂の火災により消失してしまい、その全貌については不明な点も多い。恐らく現存している記録よりも多くの犠牲があったのだろう。しかし、生き残る確率を考えた場合、ニューヨークは第一の選択肢であった。

そのため、マンハッタンの地下で魔女が発見されたのは、寓話的であった。

古くより歴史をもつロウアーマンハッタンに、ジョージア様式のレンガ造りの建物がある。建造は一八世紀まで遡れるということだったが、補修と増築を繰り返しており、また所有者もころころ代わったため、正確なところは誰も知らない。代わり方も不吉な由来をもつものが多く、いくつかの強盗事件や自殺者を出している。いびつなアシンメトリーの構造は、見る者に不快な錯覚をおこし、何代目かの所有者の趣味の悪いライオン像から、「肉食い屋敷《カーニボー》」と呼ばれた。

魔女が屋敷で発見されたのは一八九〇年。〈金ぴか時代〉と呼ばれる、科学と発明に湧いた、アメリカがいちばん輝いていた時代だ。

そのころ、屋敷はヴァーリントン卿《きょう》と呼ばれる男が主人だった。卿はニューヨークの他の成《なり》金《きん》と同じく、富と名声に常に渇いていた。彼が屋敷の隠し部屋から魔女を発見したときも、すぐにそれが金にならないかと算段を巡らせた。彼が辿り着いた先が、当時物議を醸《かも》していた電気椅子である。

一八八二年にエジソンがニューヨークのパールストリートを照らしてからこのかた、いわゆる「電流戦争《Current War》」と呼ばれるエジソンとウェスティングハウスの二大会社の争いは、ついに新しい処刑方法としての電気椅子を生み出していた。エジソン側は、相対的に自身の直流送電の有意性を示そうと、交流送電を用いる電気椅子にかこつけたネガティブキャンペーンを行った。実質的な電気椅子の開発者であるハロルド・ブラウンが、この新しい処刑方法の実験と称して、動物実験を行っていたのもこのころだ。物見高い人間がそのショーに押しかけ、ある者は気絶し、ある者は声高《こわだか》に電気椅子の野蛮さを主張し、ある者はその一瞬で命を絶ち切る仕組みを人道的な処刑方法だと称賛した。だが、実際に「人道的」な処刑かどうかは不明な部分が多かった。どれぐらいの電圧があれば人を死に至らしめるのか、どこに電極を繋げば電気抵抗が少ないのか、そもそも電流でどうして人は死ぬのか。様々な疑問が消えないまま、初めての電気処刑は執行された。ウィリアム・ケムラーという愛人殺しの行商人は、紆余曲折を経て一八九〇年八月六日に死んだ。

　電気椅子によるケムラーの死刑執行については、「成功」と報じるメディアも多かったものの、その「残虐性」について書き連ねる新聞もあった。特に、一度の「処刑」で死なず、二度も電流を流したことで、果たして電気椅子は「人道的」な刑なのかという疑問がまたぞろ世間の頭をもたげた。ウェスティングハウス社としては、これ以上の悪評を流されないためにも、確実な「処刑」についての知見を蓄えたかった。ヴァーリントン卿はこれに目を付けた。いかがですかな、実験に最適な人間がおりますよ。殺しても死なない人間です。

　その実験の実施者となったのが僕の叔母だ。名前はアリエル。男性の方が一般的な名だったので、当時は珍しがられた。また、女性の電気技師というのも同じように珍しかったが、折しも電気が上流階級を中心に家々を照らしていく中で、装飾品としての電灯の需要も高まっていた。現代の感覚からだと考えにくいが、女性たちにとって家の中が明るく照らされるという状態は必ずしも歓迎すべきことではなかった（家の中で日傘を差す女性のイラストも残っているぐらいだ）。そして、家の中のことは当時において、女性の感覚が支配的であったし、彼女たちを説得する必要があった。夫人、家の中をこのように照らせば旦那様の秘密も明らかにできるのですよ。

そういったわけで、叔母のような女性電気デザイナーはごく少数ながらも増えているところだった。彼女はウェスティングハウス社に雇われていたが、明示はされておらず、表向きはフリーの技師としていくつもの会社の開発を請け負っていた。明示されていないということは、厄介な仕事も持ち込まれるわけだ。夫に内緒で内装を変えたいご婦人だとか、機嫌を損ねてお怒《いか》り気味の侯爵《こうしゃく》とか。

ヴァーリントン卿の依頼を受けて、ウェスティングハウス社は、この厄介な調査を、アリエルに任せることにした。利益になれば儲けもので、仮に嘘だったとしても、責任はアリエルが負えばよいだけの話だ。このような与太話に付き合えるほど、ウェスティングハウス社に余裕はなかった。ブラウンやエジソンの電気椅子に関する言いがかりともいえる攻撃は一段落していたが、ウェスティングハウス社はその落とした評判を取り戻す必要があった。卿は対価として社の株式の数パーセントを要求してきた。「殺しても死なない人間」などいるはずがないと見越したウェスティングハウス社は、軽率な密約を交わしたが、残念ながらヴァーリントン卿は、魔女がいなくなった翌月に病に倒れてしまい、巨万の富を得る機会を永久に失ってしまった。

僕が魔女に初めて会ったのは、カーニボー屋敷である。僕は当時、叔母を頼ってはるばるダコタ準州から、発展華々しいニューヨークへと出稼ぎに来ていたのだが、なかなかろくな仕事にありつけていなかった。そのため、彼女から助手を依頼されたのは渡りに船だった。内容が内容だけに、できればアリエルは身内に頼みたかったのだろう。僕が屋敷を訪れた日は、魔女へ最初の電気椅子の実験をする日だった。

魔女は屋敷の裏側も裏側、朽ち果てた庭にいた。一目見たとき、彼女の美しさが尋常でないことに僕は気づいた。真っ黒な瞳に、それに負けず劣らず、夜の闇で染めたような長い髪。だが、電極のキャップを被《かぶ》るためであろう、後頭部は四角く剃《そ》られていた。それを隠すかのように、彼女は大きな帽子を目深《まぶか》に被っていた。なるほど、魔女と言われれば納得するような姿であったが、僕はなぜ彼女が魔女だと証明できるのか、アリエルに訊《たず》ねた。

「胸に鉄の杭《くい》を打たれていた」

アリエルは短く答えた。叔母はいつもこんな調子で、必要なこと以外はあまり喋らないタイプだった。「地下室で、壁に刺さる格好で。引き抜いたら生き返った。だから少なくとも人間ではないんだろう」

魔女は椅子に座っていた。椅子の下は石畳で、そこにボルトで固定されていた。僕は「失礼します」と言って、叔母から教わった通り、彼女の腕や足を革のベルトでとめた。彼女に近づくと、えも言われぬ香りがして、僕は顔を合わせているわけでもないのに、心臓が高鳴るのを感じた。

「大丈夫よ、坊や」初めて聞く彼女の声は、魅惑的で、そして暗い色をしていた。「私は死なないから」

電極に繋がったケーブルは、屋敷の外まで延びていた。ダイナモは見えなかったが、ウェスティングハウス社が貸与したものから電気が供給されていると、アリエルは述べた。電流計や電圧計、それらが故障した際の電圧の測定用として白熱ランプなどが設置されていた。スイッチは間に合わなかったのか、銅板と金づちで代用され、槌《つち》の部分に線が繋がって魔女の右脚の電極に伸びていた。

ヴァーリントン卿が見学にやって来たところで、実験が開始された。先ごろ死刑となったケムラーと同じく、一〇〇〇ボルトを電圧計は示していた。アリエルは「では」と言って、カウントダウンも合図もなく、金づちを降り下ろした。途端に、魔女の身体が跳ね上がった。筋肉が膨らむように波打ち、目がかっと開かれた。僕は思わず目をそらしてしまったので、詳しい描写ができないが、肉が焼け焦げたようなにおいがしてきたあたりで、アリエルはスイッチを切ったようだった。恐々《こわごわ》見ると、魔女はだらんとした表情で、椅子からずり落ちそうになっていた。失禁したのかあたりはびちゃびちゃと汚れ、口からは涎《よだれ》が大量に垂れていた。卿も僕と同じように魔女の様子を見ていた。青ざめていたが、その目は興奮で輝いていた。僕はその表情を覚えておこうと思った。人は好奇心に勝てないとき、こんな顔をするのだ。

僕が吐き気をこらえて何とか右脚の電極を外したときに、アリエルはそっと魔女の肩を揺らした。初めは反応がなかったが、やがて見開いた目が微《かす》かに動いたかと思うと、ぎゅっと閉じられ、そしてまた開かれた。瞳は静かで黒々とした潤いを取り戻している。

「新鮮だった」魔女は言った。「でもやっぱり、死ねなかったわね」

ブラヴォー、と卿が手を叩いた。その間に魔女は立ち上がると大きく伸びをし、ちりちりになった自分の髪の先を撫でていた。アリエルは無表情に各種計器をチェックしながら、いちいち数値をメモしていた。顔に生気が戻り、ついさっき風呂に入ってきたように見えた。魔女だ。僕は確かにそう思った。

「私としては願ったりだったのよ」

どうしてそんなことをしたのか、という僕の問いかけに、魔女はそう答えた。「火あぶりとか斬首とか毒殺とか、とにかくいろいろな死に方を試したけど、なかなか死ねなかったから。電気で死ぬ、というのは新しくてまだ試したことはないの。科学万歳ね」

このまま「魔女」を使って、適切な人体への電極の設置箇所や、必要な電圧、執行所要時間などについて調べたいところだったが、いかんせん、屋敷の中では目立ちすぎた。使用人の目もあるし、準備のたびに仰々しく装置を設置するのを毎回隠れて行うのは無理があった。

そこでアリエルが目を付けたのが、サーカスだった。「電気椅子ショー《Electric Chair》」としてお披露目するのだ。

折しも、ニューヨークにサーカス団がやって来る予定だった。アリエルは早速その主催者にコンタクトをとり、企画の内容を説明した。世界初の電気椅子処刑が行われた直後である。団長は快諾し、さっそく電気椅子に女性が座るおどろおどろしいチラシが刷られた。あくまでショーだ。彼女が本物の魔女で、本物の電気椅子を使うなんてことは、僕とアリエルとヴァーリントン卿以外、誰も知らない。

技術的な部分はアリエルが担当し、僕はショーとして盛り立てる方法を考えた。初めは演出自体も叔母がやる予定だったのだが、どうにも彼女のつくるショーの内容は無味乾燥としていてつまらなかった。僕が二、三アイデアを出すと、団長がそれを面白がったため、僕が担当することになった。かくして世界初めての電気椅子ショーは、「魔女の電気椅子《Witch Electric Chair》」と銘打たれた。

サーカスの団員たちは好奇心もあったのだろうが、いろいろとアドバイスをしてくれた。衣装や口上《こうじょう》、照明の当て方。「興奮と恐怖は紙一重だ」道化師役の団員は言った。「そして最後に安心をひとつまみ。恐怖のまま終わってしまっては、観客はすっきりしない」

アリエルは社との交渉に難航しているようだったが、送電線を近くの発電所から引っ張ってくることを約束できた、と言っていた。彼女は装置についてあれこれ聞かれるのを嫌がったし、点検はいつも自分で行った。僕がショーの説明をしている間も、あまり興味がなさそうな顔をしていたが、これでいいかと訊ねると、小さく頷き、言った。

「何かになりきりたいとき、見た目と中身、どっちを似せるのが簡単だと思う?」

僕は見た目だろう、と答えた。外見はいかようにでも取り繕《つくろ》うことができる、僕はそう思ったが、この寡黙な叔母は首を振った。「難しいのは見た目なのよ。中身は見えないんだから、いくらでも隠し通すことができる」

初日のショーは、象使いのパフォーマンスの後に行われることになった。

「ニューヨークに魔女はいるのだろうか」

僕はがたがた震える膝を押さえながら、照明の下に立ち、そう切り出した。貸衣装の燕尾服《えんびふく》を着て、シルクハットを被る姿は滑稽《こっけい》に思えたが、堂々と胸を張った。「長らく魔女は、この科学の町にはいなかった。しかし、電気が町を照らし、暗闇を消し去ったことで、隠れていた魔女が現れた。それが、彼女だ。ジェーン・ドウ！」

名無しの淑女《ジェーン・ドウ》。それが彼女につけた魔女の名前だ。袖《そで》の奥から、魔女のジェーンがやって来る。つばの広い真っ黒な帽子に、足首までかかる長いスカート。黒ずくめの出《い》で立ちに、真っ赤な口紅が光って見える。彼女はお辞儀もせず、傲然《ごうぜん》と顔を上げ、じろりと客席を一瞥《いちべつ》する。

「ジェーンは死を求めている」

ぱっと、電気椅子に照明が当たる。オーク材の木製で、革ベルトや電極の位置は本物同様だ。唯一、白熱ランプを背もたれ部分につけているのは、電気が通っていることを明示するためだ。その椅子を見た人々のざわめきはどんどん大きくなっていった。「彼女は新しい死を求めて、はるばるこのニューヨークまでやって来た。そして、電気の死《Browned》に挑戦する」

電気処刑《Electrocution》という語は、当時は一般的ではなく、発明者の名前をもじった用語が新聞には使われていたので、僕もそちらを使用した。ジェーンはつかつかと歩み寄り、何でもないように椅子に座る。

「この電気椅子は正真正銘の本物。とあるルートを通じて、我々が手に入れた」

客席から「証拠はあるのか！」とヤジが飛んだ。これはサクラの人間で、団長のアイデアだった。僕は声のした方に目を向ける。「確かにそうです」と、それに応えるように言い、「誰か試してみたい方？」と呼びかけた。軽い失笑と、戸惑いの波が起きる。

「何も本物の死を体験していただくつもりはありません」

僕も笑顔を見せながら言った。「本当に電気が流れるかどうか、最初の微弱な電流のショックを体験していただければと思うのです。どなたかいませんか？　それともニューヨークには開拓者はいないと？」

ひとしきり笑い声が広がったあと、最前列にいた紳士がすらりと手を挙げた。僕はありがとうございますと恭《うやうや》しく頭を下げて、彼をステージへとうながした。僕は、椅子の横に置いてあるハンドルに手をかけ、言った。「こちらのひじ掛けに手を置いていただいても構いませんか？」

紳士は重々しく頷いた。彼もサクラだ。何をされるかわからないと、なかなか人は手を挙げない。一回目に勇気ある人物が誰も出ないと困るからだ。

「少し電気のショックが来ますよ」

僕は一生懸命ハンドルを回した。紳士はいぶかしげな顔をしていたが、突然叫んで飛びあがると、手を離し、尻もちをついた。観客から歓声が上がった。

「こうやって最初に電気を発生させます」

サクラながらも衝撃は本物なので、紳士は不思議そうに自分の腕に触れて確かめていた。身体に影響はないので、二回目以降はサクラを使わなくても挑戦者が出るだろう。無論、このハンドルの装置は電気椅子とは関係がない。ウィムズハースト起電機を模《も》した、静電気の発生装置、とアリエルは言っていた。この仕掛けは彼女の案だ。ショーとはいえ、本物らしい「見た目」は確かに重要だった。

「さあ、それでは執行の時間です」

僕はジェーンに革ベルトをはめ、電極を付けた。大きな帽子をとり、そこに頭蓋用の電極もとりつけた。見かけ上はただのショーだが、実際は本当の電気処刑装置を扱っているかと思うと、僕の額は汗で滲《にじ》み、手が震えた。装着が終わると、僕は息を吐いた。ジェーンはちらりと横を見ると、少しだけ目で微笑んだ。

「何か言い残すことは、ジェーン」

ジェーンは僕の言葉に静かに首を振った。彼女は喋らない方がいい、というのが、他の団員からも言われたことだった。その方が謎めいていて、興味をもってもらえる。

「さよなら、ニューヨークの魔女」

僕がそう言うと、別の団員がハンドルを回し始めた。しばらく彼が回したあと、僕はさりげなく右腕を上げた。それが、袖の奥にいるアリエルへの合図だった。彼女が配電盤のスイッチを入れ、白熱ランプに明かりがともると同時に、びくんとジェーンの身体が跳ねた。客席から悲鳴が上がる。ジェーンは目を見開き、叫び声を上げた。時間にしては短い。一〇秒やそこらだ。でも、僕にとってみれば初めてのショーで、そして人前で行う初めての処刑だ。僕はなるべく彼女を見ないように、目を輝かせる子供や、顔を真っ赤にするご老人、気絶しそうになるご婦人たちを眺めていた。

やがて白熱ランプは消え、客席も静まり返った。僕は電気椅子に近づき、軽くジェーンの肩を叩いた。反応はなく、ゆらゆらと僕の呼びかけに合わせて頭が揺れたので、内心焦った。だが、しばらくして、彼女は二、三度瞬《またた》きをすると、気怠《けだる》そうに顔を上げた。おおおお、と驚きの声が広がる。魔女のジェーンは立ち上がり、僕から帽子を受けとるとそれを目深に被り、深々とお辞儀をした。拍手。滝のような音で、僕は自分の心が、これまでにないほど高揚していることを感じた。

総じて、「魔女の電気椅子」は好評だった。翌日の新聞では、新たな見世物として高く評価された一方、「芝居が嘘くさい」という意見も見られた。「……この流行りの装置をいち早くショーにとりいれた先見には感服するが、どうやら優秀な魔女役を手に入れるのは難しかったようだ」本物なのにな、と僕が口をとがらせると、それを見ていた叔母は、「難しいのは見た目なのよ」と言った。

それからも「魔女の電気椅子」は盛況だった。ジェーンは団長から細かな演技指導をつけてもらい、処刑場面の盛り上がりは悲鳴と歓声で連日最高潮に達した。静電気の発生装置を見破り、「こんなもので死に至らしめる電気を起こすことなどできない」という技術屋からのもっともなコメントもあったが、あくまでこれはショーだったし、むしろ本物の電気椅子とわかってしまう方がよくなかった。回を重ねるごとに、僕の狂言回しも板についてきて、団長にも「君には才能がある」と言わしめた。それを聞いていた叔母は、「そうね」と寂しそうに同調した。

ジェーンはあまり変わらなかった。「処刑」の演技は上達したが、ショー以外のときは悠然と微笑み、僕への態度も変わらなかった。よく叔母と話し込んでいて、どうやら二人は気が合うようだった。

「何を話しているの?」

あるとき僕がジェーンに訊ねると、彼女は「どうして気になるの?」と、珍しくいたずらっぽい質問で返した。僕はどぎまぎして、顔を伏せた。頰が赤くなる。

「たぶん、アリエルと私は似ているのよ」

ジェーンはそう続けた。「お互いずっと一人で生きてきて、そしてこれからも一人で生きていくことが約束されている。孤独な人間同士、惹《ひ》かれ合うんじゃないかしら」

確かに叔母は未だに結婚もせず、またほとんど女性のいない仕事を選んで働いていた。加えて、数少ない女性の電気デザイナーは、配偶者が電気技師である場合が多く、その点でもアリエルの選択は世に迎合していなかった。一族の間でアリエルは「変わり者」で通っていたし、それを嘲《あざけ》る人間もいた。

「でも、僕だっているし」

僕はそう言った。それは表向きは叔母に向けてのことだったが、ジェーンを見つめた。彼女は目を細め、「ありがとう、坊や」と答えた。

異変に気がついたのはアリエルだった。

五回目ぐらいの実施の後だろうか、ジェーンが袖に座り込んでいた。毎日の演技に疲れたのだろうかと僕は思ったが、どうやらそうではないようだった。ジェーンは落ち着きなくあたりを見回し、顔は青ざめていた。

「記憶が混乱している」

様子を確認したアリエルはそう言った。とりあえず水を飲ませ、落ち着かせると、徐々にジェーンの瞳の焦点が合ってきた。「アリエル？」と呟き、がしりと彼女の肩をつかんだ。僕はその様子を呆然と見下ろしていた。

叔母の話では、一時的に健忘の症状が出ていたということだった。記憶が曖昧になり、自分が誰かもわからなくなる。「電気のせいかもしれない」とアリエルは言った。「理由はわからないけど、頭に障害が出ているのかもしれない」

それでもその後は元気な様子だったので、次の日もショーは行われた。しかし、ジェーンは、「処刑」の後、やはり落ち着きがなくなった。舞台の上から逃げ出そうとする素振《そぶ》りさえ見せたのを、他の団員が機転を利かせて何とか防いだ。ジェーンは何度か話すと記憶を取り戻すようだったが、そこに至るまでが大変だった。一計を案じた叔母は、ジェーンと合言葉を決めることにした。

「Which witch wished which wicked wish?」《どの魔女が邪な願いを望んだか》

他愛もない早口言葉《tongue twister》だったが、アリエルが「which witch」と言うと、ジェーンがそれに、「wished which wicked wish」と答えた。これが引き金となって、いつものジェーンを取り戻せるようだった。この試みは功を奏し、いったんは落ち着いたかに見えた。

だが、回を重ねるごとに、ジェーンの記憶の障害はひどくなっていった。一度は公演後に町へと出て行ってしまい、捜し回る羽目になった。アリエルの伝える「which witch」の呪文があればやがて思い出せるようだったが、その間隔も長くなってきた。「やめた方がいいのではないか」と僕はアリエルに進言したが、彼女は「もう少し様子を見ましょう」と言うだけだった。僕は誰かに相談しようと思ったが、そもそもこれはただのショーであり、本当に電気を流していると思っている団員はいるはずもなかった。やきもきしながら僕は毎回の公演をこなし、せめてジェーンの変化を見逃すまいと、始終目を光らせるようにしていた。

そして、ジェーンが完全に記憶をなくす日が訪れた。

町へと逃亡したことを教訓に、「処刑」の後は団員が付き添って舞台袖へと下げることにしていた。だがその日は、公演後も、ジェーンの混乱は収まらなかった。アリエルが「which witch」と伝えても、ジェーンは目を見開いたまま、「魔女って何?《witch what》」と叫び出す始末だった。ジェーンは怯《おび》え、幼い少女のように頭を抱えてうずくまった。

「これはもう無理だよ、叔母さん」

僕は言った。公演は次の日が最後だったが、これ以上、ジェーンを舞台に出せるはずもなかった。「あまりにもジェーンがかわいそうだ」

僕の言葉が聞こえているのかいないのか、アリエルはジェーンの肩をつかみ、言った。

「あなたはジェーン。魔女のジェーン」ジェーンがそらそうとする顔を、アリエルはつかむ。

「魔女のあなたは、死にたがっている。孤独な世界から、逃げたがっている」

結局、ショーは行われることになった。他の団員にも説明がつかなかったし、何よりアリエルが最後まで譲らなかった。僕はこの頑固な叔母に反対を続けた。

「結局叔母さんは、お金とか名声が大事なんでしょう」

僕は開演直前、そう彼女を罵《ののし》った。「この実験が成功すればあなたはきっとウェスティングハウス社からも認められるし、仕事も増える。表には出ないかもしれないけど、きっとこの記録は歴史に残る。あなたが欲しいのはそれなんだ。ジェーンのことなんか、どうでもいいんだ」

アリエルは何も反論しなかった。ただ、悲しそうな瞳で見つめるだけだった。それを僕は肯定と受けとり、舞台へと出た。何かあれば公演を中止にしてでもジェーンを助けようと思いながら。

最後の「魔女の電気椅子」は、散々だった。まず、ジェーンはおどおどしながら舞台へ出てきて、なかなか椅子に座ろうとしなかった。団員が二人がかりでようやく座らせたが、革ベルトで固定するときは、「これから何が始まるの?」と、怯えながら訊《き》いた。観客は、今までのジェーンとのあまりの違いに戸惑いの声を上げた。静電気のデモンストレーションでは、挑戦者の男の叫び声に、がたがたと身体を震わせた。

「さあ、それでは執行の時間です」

そう言ったときの、ジェーンの姿は哀れだった。大声を上げ、泣きわめき、ここから出してくれと叫び続けた。ボルトで固定された椅子はガタガタと揺れ、ベルトで締めあげられた腕は青くなっていた。聴衆は呆《あき》れたような笑い声を上げ、ヤジが飛んだ。

「何か言い残すことは、ジェーン」

台本通りに僕は声をかけたが、どうやら彼女の耳にはもう届かないようだった。だから僕は、「さよなら、ニューヨークの魔女」という台詞を言い逃した。団員がハンドルをぐるぐると回し始めた。僕はためらった。怒声が響く。「まだか！」「早く魔女を殺せ！」ジェーンは叫び続ける。僕はついに、合図の右腕を上げた。

その瞬間のことはよく覚えていない。せめて僕は、ジェーンに何かあったらすぐに「処刑」を止められるようにと、彼女の姿を瞬きもせずに見ていた。はずだった。だが、彼女は消えた。僕の目の前で。何千という目の前で。予告もなく。煙のように、という表現は適切でないかもしれない。それは少しでも残り香《のこが》のようなものがありそうだから。かたたんという、革ベルトの金具がひじ掛けに当たる音がして、それきりだった。まるで彼女が初めから存在しなかったかのように、その椅子は空っぽだった。ジェーンはどこかに消えてしまった。

一瞬の沈黙のあと、これまでに聞いたこともないような歓声が沸きおこった。僕は呆気《あっけ》にとられて立ち尽くしていたが、他の団員に促されて、ようやくお辞儀をすると、舞台の袖に引っ込んだ。「どういう手品なんだよ、あれ」という団長の言葉を振り払い、僕はアリエルを捜した。だが、叔母の姿はどこにもなかった。ニューヨークの町を僕は走り回った。夜になっても、その町は煌々《こうこう》と輝き、闇などどこにもないような顔をしていた。でも、誰も、どこにもいなかった。そうして二人は姿を消した。

それから僕は、ニューヨーク中の仕事を転々とした。やがて実業家として成功し、ニューヨークでそこそこ名を馳《は》せた。あのサーカスでの出来事が役に立った、というのはある。人々が何を求めて、それにどう応えるか。難しいのは見た目なのよ。アリエルの言葉は本当だった。僕は実業家として、常に外見に気を配った。それは自分についてでもあるし、そして自分が投資する様々なことについてでもあった。パフォーマンスと美辞麗句。いかに自分が野心溢《あふ》れる実業家で、そして社会のために変革を起こそうとしているか、そう見えるように、その部分にとりわけ僕は資金をつぎこんだ。だいたい、その目論見《もくろみ》は成功したと言える。

そして、マンハッタンのあのカーニボー屋敷を買いとった。趣味の悪いライオン像をとりこわし、かわりに小さな猫の像を建てた。それは自分の贖罪《しょくざい》だったのだろうか。偽物で客を騙し、人々の欲望につけこみ、増幅させ、箍《たが》を外してしまった自分の。わからない。でも、僕の邸宅は猫屋敷、とは呼ばれず、魔女の館《やかた》と呼ばれるようになった。確かに、黒猫は魔女の眷属《けんぞく》だ。

ハガキが届いた日は、ニューヨークに雪が降っていた。僕は窓の外の、真っ白な景色を眺めた。大きな戦争が何度かあり、アメリカはどんどんと強くなっていった。僕も多分、その片棒を担《かつ》いだのだろうけど、あまり実感はなかった。白くどこまでも続く町を眺めていると、なぜだか感傷的になる。何もかも覆《おお》い尽くし、喪《も》に服したような町が、自分を責めているように思うのだろう。

使用人が持ってきた手紙の束の中に、そのハガキはあった。何の変哲もない絵ハガキ。どこかわからない、色とりどりの花畑が写っている。消印はフランスだった。差出人も、メッセージもない。だが小さく、文が書かれていた。二つの異なる筆跡で。

どの魔女が邪な願いを望んだか《Which witch wished which wicked wish》？

邪《よこしま》な願い。僕はサーカスを思い出した。舞台袖で、顔を突き合わせるアリエルとジェーンを思い出した。アリエルは言う。「難しいのは見た目なのよ」彼女は言う。「中身は見えないんだから、いくらでも隠し通すことができる」

僕はそのショーを本物だと信じてきた。だが、どこまでが真実だったのだ？　叔母は決して僕に機械類を触らせなかった。どこまでがショーだったのだ？　彼女は本当に魔女だったのか？　いや、世を乱す者を魔女と呼ぶなら、誰が魔女だったのだ？　確かなのは孤独な女性がいたことと、そして彼女たちが消えたこと。僕はふたりの寂しい女性を思い出した。ひとりは皺《しわ》が増え、白髪になっている。もう一人はあのころのままだ。寂しい女性？　そう思った自分を僕は恥じた。それは嘘だ。そう見えただけのことだ。

僕は最後にハガキの文を指でなぞった。さらさらとして、何か香りが立つように思えたが、まっさらな冷たい空気が流れるだけだった。僕はそれを暖炉《だんろ》にくべると、窓の外を見た。白く白く、色などなにひとつない、必要としない世界を見て、呟いた。「さよなら、ジェーン」

だから、ニューヨークに魔女はいない。今はもう。

ファーサイド

朝テレビのスイッチを入れると、ニュースキャスターが「おはようございます。世界の終わりまであと七日になりました」と言う。一九六二年は、そんな毎日だった。テレビは毎朝、世界終末カレンダーの残り日数を神妙な顔をして告げ、ときどきキャスターのフランク・ブレアが、気の利いたジョークか警句を呟き、次の話題へと移っていく。アメリカとソ連が水爆実験を成功させてこのかた、このやや茶番めいたやりとりを行うのが、ニュースの役目の一つだった。

父さんが「トゥデイ」を好んでいたので、毎朝七時から我が家では、ブレアのぱりっとしたスーツと、物憂《ものう》げな瞳が画面に映し出されていた。父さんは新聞を器用に八等分に折りたたみ、左手でそれを持ちながら、右手でシリアルを食べたり、パンをくわえたり、バターを塗ったりしていた。後年はそこに老眼鏡をつけたり外したりするという動作も加わったけれど、我が家の朝の構図は、判を押したように変わらなかった。もし、「トゥデイ」のようなカメラがうちの天井あたりにつけてあったら、あまりの代り映《かわりば》えしない風景に、プロデューサーも音《ね》を上げたことだろう。

「あと七日」になった日は、確か一〇月のどこかだった。水面下でキューバとソ連が手を組み、ケネディが海上封鎖を国民に知らせた次の日だ。それまで、世界終末カレンダーは「あと一四日」を示していた。その日だけは、ブレアの神妙な顔はより深刻になり、心なしか声も上《うわ》ずった調子で、「七日」になった世界のことを伝えていた。たぶん、図書館か何かで調べれば、その日が正確に何月何日だったのかは調べられると思うのだけれど、ぼくは今までそんなことはしなかった。そんなことをすれば、あのころの出来事が、すべてなにか形あるものに変わってしまうからだ。

大きくカレンダーの日数が進んだことについて、父さんは特別なことは言わなかった。緊急時の家族の集合場所の確認や、シェルターの点検を母さんに伝えたぐらいだった。母さんは黙ってうなずいていたけれど、どちらかというと彼女の方が浮足立っていて、お皿を三枚も割っていたことはよく覚えている。

そのころぼくは、学校へは通わず、じいちゃんの麦の刈り入れの手伝いをしていた。N村の小麦は春小麦で、ちょうど秋が収穫のハイシーズンだった。

ぼくの仕事は、麦わらを集めて運ぶことだった。麦わらは、だいたいが牛や羊の寝床になるため、隣のマイルズさんの牧場へ売られる。日が高く昇りきらないうちに収穫し、馬をあやつって、せっせと倉庫へとわらを運んでいった。

昼飯はいつも母さんがサンドイッチをつくってくれた。ぼくはきらいだったけど、母さんはサンドイッチには必ずきゅうりを挟んだ。ハムときゅうり。ゆで卵ときゅうり。たまにはきゅうりだけ。一九六二年は、その意味ではきゅうりの味と共に思い出される年だ。

午後は途端に暇になった。とくに言いつけがなければ、小屋の屋根の上でぼくは昼寝をした。気が向いたときは、麦わらで帽子を編んだ。だけどぼくはぶきっちょだったので、これはついに完成することがなく、何やらくるくると丸まったボールのようなものが、いくつも小屋の中に転がっていた。

麦畑では、Dたちが働いていた。彼らは非常に奇妙な姿をしていた。それは、当時妹にせがまれてよく読んだ、『SPUNKY THE DONKEY』という絵本の中に出てくるロバによく似ていた。頭が大きくて、毛むくじゃらで、耳が真上に立っている。真上に耳？　そうだ、真上にうさぎのような耳がついていた。耳に似た何かだったかもしれないけど、耳のような形状をしていた。耳さえなければ、彼らはもう少し人間らしい姿であったことだろう。上半身にはチョッキを着て、下半身は何も着けていなかった。だらりと睾丸《こうがん》が垂れさがり、腹から太ももにかけては、ごわごわとした毛で覆われていた。

その日、ぼくが屋根の上で寝ころんでいると、Dは麦畑からひょっこりと姿を見せた。その後ろから、じいちゃんがついてきていて、鎌の柄《え》で彼の頭をぶったたいた。「ろくでなし《ディック》！　麦を踏み潰しやがって！」

あまりにも痛かったのか、Dは地面に転がりおいおいと涙をこぼしていたが、叫び声は上げなかった。彼の涙は赤茶けた地面を濡らしては乾かした。

「おい、こいつどうにかしとけ」

　じいちゃんはDの背中辺りを蹴り飛ばすと、また麦畑の中へ消えていった。どうにか、というのがどの程度のことを指すかわからず、ぼくはただ、倒れ伏しているDを、屋根の上から見下ろしていた。

　しばらくしてDは立ち上がった。頭をさすってはいたが、まるで何事もなかったかのような表情だった。自分の居場所を確認するかのようにぐるりと頭を回し、ぼくの姿を見つけると、「なにおめえ見てンだ」と、怒ったように言った。lookがやけに間延《まの》びしたような言い方だった。同情しかけていたぼくは、その一言で嫌になってしまい、背を向けた。

「オレはナ」Dは構わず続けた。「こんな最悪《ファック》な場所、やることやったら、すぐに出て行ってやるンだ」

　なぜDと呼ばれているか、ぼくは知らなかった。大人たちだって知っていたか、わかったものではない。おそらく、DonkeyのDからとったのだろうけど、人によってはその露出した陰茎からDickのDとして揶揄《やゆ》する人もいた。

　Dはまた麦畑の向こう側へと消えた。彼らはいつからいるのか？　それもわからない。ある日、ぼくたちの村にやってきて、住み着いた。奇妙なイントネーションで喋り、風貌も粗野《そや》だったが、よく働いた。言葉遣いも汚く、反抗的な態度も多く見せたが、「しつけ《トレーニング》」をすることで、自分たちの命令にはよく従って便利だ、とじいちゃんは言っていた。ぼくの住む村に、どの程度のDが暮らしていたのかはよくわからないけど、友達の話や家族の噂話から考えるに、各家庭に一人はいるようだった。けれども、ぼくの家にはいなかった。父さんが嫌っていたからだ。

おおよそ、Dはどれも似た風貌と立ち居振る舞いをしていたが、あの日、「あと七日」のあの日に会ったもう一人のDは、少し印象が違った。彼とは、帰路の途中で会った。同じように耳を真上に生やし、下半身はなにも穿《は》かず、カエデの幹《みき》に寄りかかって寝ていた。Dが道端にいる光景はよく見たが、そのときぼくはなぜか足を止めた。なにがぼくの気に留まったのか、当時はよくわからなかった。だけど、足を止めざるを得ないなにかが、彼にはあった。Dは薄目でぼくを見やり、「こんばんは《グッドイブニング》」と丁寧に挨拶をした。イントネーションは平板だったが、他のDに比べて板についた言い方だった。

「申し訳ないのですが」そのDは言った。「水をくれませんか。朝から何も飲んでいないので」

そう言いながらも、彼の表情は穏やかだった。ぼくはすぐ近くの井戸の場所を教えた。「ありがとう、坊や《ボーイ》」とDは口にして、よろよろと立ち上がった。ぼくは心配してたわけではないけれど、気になったので後をついていった。Dはゆっくりながらもしっかりとした足取りで教えられた井戸のところまでたどり着いた。だが、力が入らないのか、井戸の横にあるポンプを押せないようだった。ぼくはポンプの取っ手に手をかける彼の腕をとり、一緒に押した。Dは噴き出た水にむしゃぶりついた。

「ありがとう」

人心地《ひとごこち》ついたところで、またDは言った。毛むくじゃらの腕で、ぐいと口を拭《ぬぐ》ったが、毛先から水がまだぽたぽたと垂れていて、ぼくはぼんやりその滑らかな軌道を眺めていた。

「坊やのうちはどっちの方なんですか?」

ぼくは黙って西の方を指した。つられたようにDもそちらを振り向き、地平線に沈みかかった太陽を見た。オレンジが小麦畑を染めている。

「あなた《サー》はどこの?」

そう口にしてから、ぼくは恥ずかしくなった。Dの居場所なんてぼくになんの関係があるというのだ。しかし、Dは気にも留めず、「まだどこの家に雇われてもいないんです」と答えた。

ふうんとぼくは言い、ちょっとの間、沈黙が流れた。

「天使が通ったね」

え、とぼくは訊《き》き返した。Dは涼しい顔で、フランス語を口にし、「こうやって黙りこくったときに、洒落《しゃれ》た表現を使うんですよ、彼らは」と答えた。「でも、通るのは天使だけとは限らないとは思いますが」

もしかしたら、このDだったら、父さんと気が合うかもしれない。ぼくはそんなことを考えたが、もちろん、口には出さなかった。Dも、「じゃあ」と言って歩き出したぼくを、引き止めはしなかった。

それからそのDとは、何度か会うことがあった。正確に言えば、他のDとそのDを、ぼくは区別することができるようになった。Dはどこの家にも属さず、ふらふらと道の端っこを歩いていたり、木の上でうとうとしていたり、比較的自由に過ごしていた。ときどき、誰かがお情けで与えた残飯を口にし、ぼくが教えた井戸で水を飲んでいた。でも、仲良くなったわけではなかった。DはDだった。

その関係が少し変わったのは、一一月に入ったあたりだったろうか。米軍機が撃墜され、一気に両国の緊張が高まったものの、結局ソ連側がミサイルを撤去し、危機が回避された時期だった。とは言っても、こういった機密的な情報は後年知ったことであり、ぼくたちはいつまでも「あと七日」の世界を生きていた。もしこの情報が知らしめられたならば、カレンダーは一気に「あと一日」まで進んでいただろうと、識者たちは言っている。「世界が終わるとき」これはその中でも有名な論文の引用だ。「私たちがそれを知らされることは永久にない」

シェルターの点検をしたり、時折ある警報訓練で、落ち着かない日々を過ごしていた結果だろうか、母さんが階段から落ちて利き腕を折ってしまった。父さんも仕事があり、家の仕事が滞《とどこお》った。じいちゃんは「Dを雇えばいい」と言ったが、父さんは渋い顔をしていた。そこでぼくが、あのDを紹介したのだ。

初めて父さんとあのDが会ったとき、二人はほとんど会話をしなかった。父は端的に彼にできることを訊《たず》ね、自分たちの要望をそれと突き合わせた。それから、フランス語で何かを伝え、Dがそれに答えた。父さんは薄く笑った。自分の父親が笑うところを、ぼくは久しぶりに見た。父さんは満足したようだったが、Dに要求を二つ告げた。一つはズボンを穿くこと、もう一つは毎日風呂に入ること。Dに異論はなかった。

父さんはぼくたちにも二つ要求した。一つは、彼に暴力を振るわないこと。「我々は民主主義の国にいるんだ」と父さんは言った。じいちゃんは、「あいつを大学に行かせたのは失敗だった」と嘆いていたが、渋々頷いた。

もう一つは、Dを名前で呼ぶことだった。「デニー」という名前を父さんはつけた。名前の由来について父さんは語らなかったが、母さんは、父さんの兄と同じだとぼくにこっそり教えてくれた。「朝鮮戦争のときに死んだのよ。帰りの船から飛び降りて」

その日から、デニーは我が家で働くことになった。料理だけは母さんが譲らなかったので、食器洗いや掃除、ときどきは内職の縫物《ぬいもの》を手伝ったりした。デニーは器用で、大概のことはなんでもこなせた。父さんは彼に屋根裏部屋を与えた。多くのDが納屋《なや》や外で暮らしていたことを思うと、破格の待遇だった。ぼくや父さんは徐々に親しんでいったけれど、母さんと妹は、いつまでも怖がってあまりデニーに近づかなかった。

「それは人間の本能みたいなものだ」

父さんはそう言った。「異質なものを怖がり、遠ざける。近代のアメリカは、それを乗り越えようとしてきたんだがな」

デニーと家族の関係が少し変わったのは、警報のあった日だった。朝だった。「トゥデイ」も後半というところで、広場の大型スピーカーから、警報が鳴り響いた。訓練でない警報は初めてで、ぼくたちはとるものもとりあえず、シェルターへと駆けこんだ。

シェルターは第二次大戦のときからあるものを改良したものだった。前の持ち主が、何を思ったのか防空壕を掘ったらしい。非常食と飲料水、簡易的なトイレと聖書が一冊。それだけだった。州からの広報によれば、警報解除のときにはその放送が入るはずだった。ぼくらは声をひそめ、待った。だが、放送はなかなか入らなかった。しばらくして妹が泣き出した。母さんは、持ってきた人形やら絵本やらであやそうとしたけれど、なかなか泣き止まなかった。

「わたしが」

デニーがひょいと妹を持ち上げた。妹は泣き止んだが、それは落ち着いたというより、突然のことにただびっくりしただけのように見えた。だが、デニーは彼女がまた泣き出すより早く、チョッキのポケットから丸いなにかをとりだした。おつきさま、と妹は言った。

「そう、月です。夜空の」

デニーは明かりを消した。シェルターの暗がりで、なぜかそれはぼんやり黄色く光って見えた。「お嬢さんは月に行ったことがありますか?」

デニーの言葉はやけに丁寧だった。妹は首を振った。ぼくは、「ソ連が行くんじゃないの」と口をはさんだ。ソ連はルナ計画でアメリカよりも先を行っていたからだ。

「いいえ、その大きな一歩を踏み出すのはアメリカになるでしょう」

穏やかにデニーは訂正した。それからデニーは、チョッキのポケットから、次々と紙をとりだし、ハサミで丸く切った。大小さまざまあった。それは本当に紙だったのか? わからない。切り屑《くず》はぱらぱらと地面に落ち、溶けるように色が同化していく。彼はシェルターの壁に、その紙を貼りつけていった。どの丸い紙も薄くぼんやりと光っていた。星のようだった。やがて壁は星で埋め尽くされ、しかし眩《まぶ》しいということはなく、茫洋《ぼうよう》とした明るさにシェルターは満たされた。妹は「おほしさま、おつきさま」と指をいちいちさしながら、目を輝かせていた。

「デニーは、他のDとは違うね」

ぼくが言うと、「そんなことはないんです、坊や」と、デニーは少し悲しそうな顔をした。

「他の者たちと違うように見えているとしても、それは、ただあなたの目にはそう映っている、それだけのことです。本当は我々は、あなたたちを試したくはないんですよ」

意味を図りかね、ぼくは父さんの顔を見た。父さんは黙っていた。

「月の裏側を」最初に出した丸い紙を、デニーは手に持った。「坊やは見たことがありますか？」

モスクワのソ連アカデミーが、ルナ三号による「月の裏側《ファーサイド》」写真を公開したのは一九六〇年だ。だけど、当時ぼくは、その存在を知らなかった。デニーは紙の月をひっくり返した。「月の裏側を、人はいつも想像していました。ドリトル先生でロフティングは巨大な植物・動物社会を想像しました。恐らく彼に影響を与えたヴェルヌは、月を死の世界に描いた。ウェルズは、月人のディストピア社会を構築した」紙の月の裏側は、やはりぼんやり光っていた。「逆説的ですが、〈月の裏側〉が存在するのは地球だけです。月の自転と公転の周期が地球と同期しているためなのだから、当然です。本来、星には表も裏も存在しないのです。裏側に物語を求めるのは人間たちだけなんです」

シェルターは静かだった。気が付くと、妹はデニーの腕の中で、すやすやと眠っていた。

「それは月の話？」

僕は訊ねた。

「ええ」デニーは答えた。「月の話です」

ぼくらはしばらく黙って、暗がりの中の星々を眺めていた。デニーのアンテナみたいな耳は、なにか大切な話でも受信するみたいに、ぴょこぴょこと動いていた。

いつの間にかぼくも眠ってしまい、警報解除の放送で目が覚めたとき、妹はきゃっきゃとデニーにおんぶされていた。紙の星々のかけらはひとつもなく、赤茶けた壁のざらりを、ぼくは触った。


デニーはたぶん死んだのだと思うけど、確証はない。ぼくは彼の死体を見なかったし、誰が死体を片付けたのかも知らなかったから。

妹が死んだとき、真っ先に疑われたのがデニーだった。妹が死んだ、とはみんな教えてくれたし、同情の言葉を誰もがかけてくれたけど、どうやって死んだかについては、誰も口にしなかった。遺体を見せてもらうこともできなかった。棺《ひつぎ》は閉じられ、葬儀は朝早く、本当の身内だけで行われた。

誰がデニーのことを言い出したのかはわからない。それを詮索するのは意味のないことだった。大きな声で主張したのはじいちゃんと、隣の牧場主のマイルズさんだった。そして、その主張は八割方通り、デニーは教会へ向かう十字路のカエデの樹《き》に、鎖と有刺鉄線で足をくくりつけられた。そんなものがこの村にあるのを、ぼくは全く知らなかったので、どこからとってきたのか、そんなことが気になった。服は全てとりはらわれ、毛が剃《そ》られた胸には、「Devil」という字が刻まれていた。

村の男たちは、そこを通るたびに、デニーを殴るのが習慣になった。スコップだったり、薪《まき》だったり、なにかそのとき持っているもので、頭やら背中やらを殴った。通りがかったついでに、花に水をあげるように。デニーの顔は腫れ上がり、歯は抜け落ちていった。女たちは遠巻きに、十字を切りながら、彼が殴られる様子を見ていた。ときどき、顔を隠しながら食べ物を置いていっているようだったが、それは憐憫《れんびん》ではなく、彼を無意味に死なせないためだった。

家の中は静かになったが、習慣は変わらなかった。フランク・ブレア。「あと七日」。サンドイッチ。きゅうり。もし外側からカメラを通してこの家を誰かが見ることができるのなら、なにが変わったかと訝《いぶか》しんだことだろう。父さんはデニーを殴ることはなかったが、かと言って、それを止めることもしなかった。父さんはただただ、自分の日常の形を保つことに注力しているようだった。

麦の収穫はとうに終わり、村は冬支度《ふゆじたく》に入っていた。ある日、牧師に届け物があって、ぼくは十字路を通らなければならなかった。目を伏せながら、十字路までの道のりをぼくは歩いた。右に折れる段になり、少しだけ顔をあげた。においがひどかったのだ。

「水を」デニーはこちらを見て言った。いや、目がどこにあるかもよくわからなかった。耳だけがいやに元気よく立ち上がっていた。「水をくれませんか」

ぼくは首を振った。デニーは黙った。二人とも、その瞬間になにが自分たちの間を通ったのか、そんなことを考えていたのだと思う。それが、繋がれたデニーを見た最後だった。

次の日、デニーへ「刑が執行される」という話が届いた。参加するのは村の男たちの何人かだけで、その中には父さんも含まれていた。母さんはぼくの部屋の扉に鍵をかけた。だけど、ぼくはどうしてもその現場に行きたかった。なんのために？　わからない。だが、ぼくは、ぼくだけは、この出来事を最後まで見ておくべきである気がした。窓から屋根伝《づた》いに外へ出て、広場を目指した。月は出ておらず、辺りは暗かった。

広場はお祭りのときのように舞台が組まれていた。真ん中にはデニーが椅子に座らされていた。腕を背もたれ側に組んで縛られ、足も縄がぎゅっと締められ、目隠しをされていた。彼の周りにはぐるりと堆《うずたか》く麦わらが積まれていた。足元にも山になっていた。その中には、きっとぼくが集めたものも含まれていたんだろう。ぼくは一〇月の間、ずっと麦畑にいたのだから。

マイルズさんが声をあげ、デニーの罪状を滔々《とうとう》と述べていった。ぼくは広場の端にあるハナズオウの樹の陰から覗いていた。耳を塞ぎたくなるような内容だった。だが、大人たちは真剣に耳をそばだて、そして頷き、叫びながら同調した。父さんは輪の中の一番外側にいた。横顔を見ることができたが、父さんはずっと黙っていた。

やがて麦わらに火が放たれた。ガソリンかなにかがまかれていたのだろう、炎がぶわんと立ち上った。麦わらやガソリンの量を調整していたのか、すぐには内側のわらには燃え移らず、ゆっくりゆっくり炎の環《わ》が、デニーへと迫っていった。その間、デニーは叫び、のたうち回り、言葉にならない呪詛《じゅそ》を吐いた。椅子は倒れた。縛りつけられたまま、デニーは声を出し続けた。

「水を」聞きとれたのはそれだけだった。「水をくれ」

大人たちは囃《はや》し立てた。唾をとばし、目を輝かせ、大きな口を大きく開いて。ぼくは父さんを見た。父さんは黙っていた。腕組みをしていた。だが、だが、口元が、薄く小さく、歪んでいた。笑っていた。父さんは、笑っていた。微笑んでいた。妹のキリスト降誕祭の劇を見たときのように。

肉の焼けるにおいがし始めたころ、ぼくはようやく駆け出した。走って走って、走り続けた。息が切れ、立ち止まったとき、ぼくは自分がどこにいるかわからなかった。でも、どこにいても同じだった。この世界にいるなら、どこにいても。


翌日、広場は何事もなかったかのように、きれいに均《なら》されていた。ぼくはそれを横目で見ながら、黙って通りすぎた。Dたちは忽然《こつぜん》と姿を消していた。示し合わせたみたいに、一斉に。だけど、誰もそのことについて口にはしなかった。まるで初めから存在しないみたいだった。

それからぼくは、寄宿制のハイスクールに入り、村を離れた。

「トゥデイ」はまだ続いている。ブレアはとうに引退して、別の男性キャスターが毎朝、カレンダーの残りの日付を告げている。ぼくは卒業したあと、いろいろな国の仕事を転々としたから、しばらくカレンダーのことを忘れる時期もあった。でも、多くの国を見て回る中、みな、一様にDについては口にしなかった。規律《good discipline》よく、柔和な表情をして。だけどそれは、彼らが存在しなかったということと同義ではない。言葉に出さないことと、存在しなかったということは同じ意味にはならない。ぼくはその国の、その町の隅に、暗がりに、人々のおしゃべりの隙間に、Dの痕跡を見た。あの紙の月が、ひらひらとぼくの心に貼りつけられていく。淡く輝いている。

ぼくはN村の家を買いとり、戻ってきてからは、一人で「トゥデイ」を見ている。父さんは交通事故で、母さんは癌《がん》で亡くなっていたから、広い家を持て余しながら、ぼくは毎朝テレビを見ている。左手には新聞、右手にはきゅうりの挟まったサンドイッチをもって。

世界の終末カレンダーは、今は「あと一四日」を示している。「この日数がなかなか増えないことは」若いキャスターは深刻そうに言った。「我々人類の限界なのでしょうか」

ははっと、口から声が漏れた。一九六二年のあの日、ぼくは既にその「限界」とやらを知ってしまった。あれから核戦争は起きず、キューバは体制を維持できずに、三流の社会主義国になった。自由と平等が世界を覆いつくしては剝がされていった。つまらない世界だ。ぼくはよく空想する。もしあそこにケネディがいなければ、もしあそこでソ連が及び腰にならなければ、くだらない宇宙開発に勤しむことがなければ、もしDなんて存在がなければ……。ぼくは色々な世界にいる自分を思う。どの世界に立っていても、あの炎は燃え上っている。瞼《まぶた》から消えない。だけど、もっとクソッタレ《ファック》なことは、たとえカレンダーが一二月三一日を示そうとも、炎が消えたとしても、人類は緩やかに生き続けなければならないということだ。あるいは言い方を換えるなら、ぼく自身がいま、そうやって一二月三一日の向こう側《ファーサイド》の新しい年を緩やかに生き続けているということだ。最悪《ファック》。

さて、今ぼくはぱりっとしたスーツを着ている。だいぶ年老いているが、それなりの見た目に見える。目の前にはアイワのビデオカメラがあり、録画ボタンを押せば、ダイレクトに動画配信サイトでライブ中継される。便利な世の中だ。一九六二年には想像もできなかった。第一声はもう考えている。「おはようございます。世界の終わりまであと七日になりました」。そして最後はこう言う。「ハッピークリスマス」。そう、一九六二年まで、ぼくたちがカレンダーを戻すのだ。村の広場にはわらが積まれ、舞台の真ん中には椅子が置かれている。そこに誰が座るのか？　まだわからない。ぼくは、この村の「裏側《ファーサイド》」の話をする。明日の「トゥデイ」が取り上げるかもしれない。あのキャスターは、何をコメントするだろうか。人類の「限界」を嘆くのだろうか。でもきっと、ぼくたちの声は、誰かに届くはずだ。声が届けば、誰かが行動を起こす。この世界のどこかで、誰かが、ぼくと同じように、わらを積み、椅子を置こうとしている。国ではなく、個人の紐帯《ちゅうたい》が、物語が、世界を変える。ぼくらが生きているのは、そんな世界なのだ。神のご加護《ゴッドスピード》を。人類に。

＊この作品は、「日本ＳＦ作家クラブの小さな小説コンテスト」の共通文章から創作したものです。
https://www.pixiv.net/novel/contest/sanacon/

リトル・アーカイブス

彼らは好んでその機体を「二足歩行《バイペッド》」と呼んだ。四足歩行の補助ロボットが主流の中で採用されたので、いつのまにかそう呼ばれるようになったのだろう。レトロニムというやつだ。

とはいっても、脚のラインや高さは人間のそれに近いが、腰より上は銃座があり、火器を配置するか、荷物置きになるような形になっているため、およそアンドロイド型のものとは似て非なるものである。無論、戦地での使用が主なので、人型に寄せる必要などない。私はよく形状を説明するのに、『スター・ウォーズ』の〈スカウト・ウォーカー〉みたいだと言うが、どうもオタク《ギーク》的すぎるようで、やや理解されにくい。

戦史の中でバイペッドが初めて登場するのはドーン戦役《せんえき》。当時のニューヨークタイムズの従軍記者だったドルチェは「初めはあまり画期的とは思われませんでした」と語る。

「米陸軍の軍事用ロボット自体は目新しいものではありませんでしたから。形状や動きに愛嬌があったので、その動画はちょっと流行りましたけど」

そのため、最初に耳目を集めたのはやはり第一次オリバー報告書の一件となる。報告書には要旨《アブストラクト》がついていて、末尾にはこう記されている。

以上の見地から、当該兵士（引用注：オリバー一等兵のこと）の戦死は、当該機（引用注：バイペッドのこと）を庇《かば》ったことが主因と考えられる。


報告書によると、オリバーが所属する小隊は、西ソマリア北西部の放棄された村の調査活動を行っていた。そこに旧軍事政権の残党勢力が襲撃を仕掛け、攻撃を受けそうになったバイペッドの前にオリバーが立ち塞がり、彼は胸に数発銃弾を受け死亡した、という内容だった。他の隊員は、通常ならバイペッドを先行させる場面であるのに、「まるで庇うような行動だった」と証言した。バイペッド自体も別の銃撃で損傷し、視覚データなどは得られず、その証言が採用された。

初めはこの第一次オリバー報告書はほとんど話題にのぼらなかった。戦争では人が死ぬものだし、人は死んだら数字になる。多いか少ないか、世間としてはそれだけの違いだ。外国の戦地の誰かの死は、地球温暖化の問題よりも遠い。だが、家族にとってはそうではない。オリバーの母親のミラにとっても、息子の戦死は数字ではなかった。

「あの子は慎重な子でした」

彼女と初めて会ったのは、全ての裁判が終わってからだった。涙もハンカチもなく、庭のブランコを眺めながら私たちは話した。オリバーが子供のころよく遊んでいたもので、自分が死ぬまで片付ける気はないと彼女は言っていた。「臆病なほどで。子供の頃は、車が横を通るだけで、気をつけ《Attention》の姿勢で止まったんですよ。そんな子が、機械を庇うかしら」

ミラが裁判を起こしたとき、各局は大々的に報じた。これは、彼女についた弁護士のＪＤの手腕によるものだ。彼はよく親しい友人に、アメリカ国民を「犬待つ羊」だと言っていた。行き先を示してくれる犬を待つ、迷える子羊。

「あくまで私の敵はアメリカという国そのものなんです」

当時のタイム誌のインタビューで、ＪＤはそう語っている。「この事件の原因はなにか。競争的権威主義と化した政治体制か、架空冷戦構造による経済的疲弊か。それを私は、この国の正義だと思っています。独立時代から続く、二項対立的正義。それがオリバーという未来ある若者が死んでしまった原因なんです」

彼は対外向けのテーマをアメリカの戦争行為自体の是非にすり替えた。そもそも、西ソマリアの軍事作戦の状況は思わしくなかった。左派は人道的視点から、右派は作戦の煮え切らない方針から、政府の態度はどちらからも攻撃される要因を持っていた。そのため、メディアの論調はオリバーの遺族であるミラ寄りであった。

「人が死なない戦争なんかあるわけがない。あったとしたら、そいつはただのおにごっこ《tiggy》だ」

極右のネットニュースを運営するライア編集長は、彼自身のチャンネルでそう力説している。

「政府は世論ばかり気にしてる腰抜けだ。いかに自分の兵士が死なないか、そればかりを考えた作戦を立てているから、めぼしい戦果も出ない。テロリストどもがのさばる。オリバーが死んだのは、あいつらのそういう腑抜《ふぬ》けた作戦のせいなのだ」

分離独立した西ソマリアの治安維持を名目として、米軍はスーダン共和国と共同で戦線を張っていた。バイペッドは「人命に最大限配慮」するために配置された。国防総省が提示した研究結果によれば、バイペッドを使用することで戦場での死傷率を大幅に下げることができるとされていた。「我々は死なない戦争を行う」と、大統領はホワイトハウスで演説した。

一方で、ライア編集長の言う通り、作戦の成功率は芳《かんば》しくなかった。その当時は細かな数値が公開されることはなかったが、〈アメリカ連邦政府情報公開法《FOIA》〉によって後年明かされたものによると、バイペッドの比率が高い部隊ほど、任務の完遂率が下がるという結果が出ていた。

その中で、オリバーの所属する隊は違った。「明らかに有意差がありました」軍事アナリストのサイトウは自身のブログにそう書いている。「ドーン戦役での実戦投入から国防総省は、バイペッドが、費用対効果の面からあまりよろしくないことに気付いていました。ですが、多くの組織がそうであるように、国防総省もまた、多額の予算がついたプロジェクトの失敗を認めたがらなかったのです。その点で、オリバーの隊の戦績は彼らにとって都合のいいものでした」

事実、国防総省は彼のいた隊について特別な褒賞と、それに付随した喧伝《けんでん》を行う予定だったらしいことが、会議録に残っている。この中で長官は、技術顧問による「まるで人間のような動きをしている」というコメントに注目している。「兵士の使い捨てができるということかね」という彼の発言は削除されたようだが。

しかし、オリバーとその隊が称《たた》えられることはなかった。オリバーの遺体は星条旗に包まれ、軍用機で帰国することになる。

＊

父さんは不器用な人だった。覚えてないけど。

ぼくが産まれる前に、母さんは父さんと別れたらしい。だから、社会的な父親《ペイター》はぼくには存在しない。母ひとり子ひとり。さみしかったか？　どうだろうね、途中からいなくなったのと最初からいなかったのでは、たぶん感覚にだいぶ差があるんだろうよ。

不思議なことに、母さんはよく父さんの話をしていた。彼女は学生時代に父さんと会ったそうなのだけれど、誘い方も不器用で、はじめ母さんは相手にしなかったらしい。「けどまあ、悪い人間じゃなかったからね」と彼女は笑って言った。お酒を飲んだ日は、特によく話した。

ぼくは二人の馴れ初めにはあまり興味がなかったけど、母さんが何度も話すものだから、写真一枚残っていない彼の風貌が、なんとなく想像がついた。きっと髪はボサボサで、服にも時間にもだらしなくて、自分の好きなことには早口になる。物を捨てることができなくて、映画の半券からマクドナルドのレシートまですべてとっておく、そんなタイプ。どうして二人が別れてしまったのか、「人生は色々なの」と、母さんはまともに答えたことはないけれど。

でも実は、父さんに一度だけ会ったことがある。いや、本当にそうだったかはわからない。だって見たこともないんだから。だけど、たぶん。ぼくは、一度見たことは忘れない。隅々まで記憶できる。

その日はクリスマスに近い日で、母さんと大きなデパートにいた。ぼくはまだ小さくて、デパートは初めてだった。とにかく興奮していた。そして、そういったときの子供の行動の御多分に洩《も》れず、迷子になった。

そこで、彼に会った。その男の人は恐竜のぬいぐるみを手にしていた。懐かしい風合いをもつそのぬいぐるみを、男は、半ベソをかいてるぼくの手にいきなり押しつけて「大丈夫、大丈夫だ」と繰り返した。言われるがままに、ぼくはそのぬいぐるみをぎゅっと抱きしめてみたんだけど、確かに安心して、瞳の手前まで来ていた涙を引っ込めることができた。

「大丈夫、だろ?」

ボサボサの髪に、ズボンからはみ出たシャツ。父さんだ、とぼくは思った。

＊

バイペッドの位置づけは歩兵の代替という認識だった。少なくとも作戦面においてはそのように理解され、配置された。二人一組《ツーマンセル》か三人一組《スリーマンセル》という形をとることで、単純計算、隊の人間の構成を最大半分程度に減らすことができた。

「ところがこれがうまくいかなかった。自律プログラムも筐体《きようたい》の可動も申し分ないはずなのだが、どうも実戦になるとぎこちなさが出る」

ドーン戦役で指揮を執っていたハンナ大尉は自著である『曙光の終わり』の中でそう述べる。

「私は古いタイプの軍人なので、機械仕掛けの兵士というものには最後まで馴染めなかった。理念には共感するが、私の大事な部下の背中を預けられるかというと疑問が残った。実戦でのぎこちなさは、そのような人間の根源的な忌避感覚によるものなのではないだろうか」

「軍の中じゃそんなウワサばっかりだったんで、西ソマリアではびっくりしたよ」

同じ隊にいたヤンは、裁判の記録をまとめた『オリバー』の中でそうコメントしている。

「オレはそれは、オリバーの記憶力のよさにあるんじゃないかと思うんだ。例えば市街地での戦闘のとき、事前のマップデータと違いがあるなんてしょっちゅうだ。建物がまるまる一個なくなってたりさ。だけどオリバーは、一度その風景を見たら覚えちまって、それをバイペッドに正確なデータとして流しこめた。結局機械だから、事前データの修正を的確にできたのが大きかったんだろうよ」

しかし、別の方向からの意見もあった。オリバーの小隊の隊長だったアレンだ。

「彼のバイペッドへの執着は相当なものでした」

彼はそう話した。裁判記録によると、戦争当時、アレンは軍曹で、隊は北部方面への展開を行っていた。「寝る前に筐体を磨いていたのは、彼ぐらいのものじゃないですかね」

彼は証言の中でオリバーとバイペッドの関係について、そんな風に詳《つまび》らかに答えた。

「ときどきバイペッドにオリバーは話しかけていました。そりゃ、我々だって声はかけます。みなさんだってそうでしょう。世の男たちの話し相手といったら飼ってる犬ぐらいなもんじゃないですか。『お前はいい子《グッドボーイ》だねえ』なんて撫でながら。まあ我々はもう少し粗野《そや》な言葉で、ときどきケツを蹴り上げ《kicking ass》ながら言うんですが……」

裁判記録では、ここで二分間の審議中断がある。恐らくアレンの表現に対してなにがしかの申し入れがあったのだろう。アレンは中断のあとに、証言をこのように続けている。「でも、オリバーのそれはちょっと違いました。会話が成立しているように見えるんです。バイペッドの返事にきちんと答えているような」

オリバーの精神鑑定の記録は既に提出されており、内省的傾向が強いものの、作戦に支障がないことは証明されていた。彼の事前カウンセリングを担当した医師のルドルフも、「特に大きな問題になるようなことは発見できなかった」と鑑定結果に記している。

「そもそも、人間が無機物に対してそれなりの感情を抱くことはごく自然なことです」彼は証言でそう続けた。「たとえばイラク戦争時、爆弾処理には小さな戦車のようなロボットが使われました。ワシントン大学の研究によれば、それを操作する兵士たちはペットやパートナーに向ける共感性のようなものを持っていたと言われています。名前をつけたり、性別を規定したり……ほら、あなたもつけていたんじゃないですか?」

証言を聞いていたJDは仔細《しさい》らしく頷きながら、「アレン隊長は、ご自身のバイペッドを女性の名前で呼んでいたとか」と付け加えた。アレンの反応は残っていないが、恐らく顔を真っ赤にしていたことだろう。

「よく喋るロボットなど、共感性が高い筐体の方が作戦の成功率が高いという事例もあります。ただ、大量生産ができるようになると、この愛着の度合いは薄れていくこともわかっています。バイペッドは軽量かつ安価であることが強みだったようですから、代替部品は戦場においても数多くあったという点も考慮すべきかと思います」

一方で、バイペッドの損傷を免れた記憶領域に、オリバーの声の一部が記録として残っており、証拠品として提出された。「涙が止められなかった」と、ミラは私に話してくれた。「あの場所で、あの子の声が聞けるとは思えなかったから。内容がどうあれ」

バイペッドは戦場においては機密保持の観点からスタンドアロン型として稼働しており、本部に戻るまではデータの共有は難しかった。オリバーの件のあと、バイペッドもまた損傷していたため、記録をすべて復元することはできなかったようだ。

「父さんは不器用な人だった」

音声記録はそう始まっていた。風の音が混じっている。オリバーは、友人に語るような調子で、訥々《とつとつ》と自分の父親のことを話した。音質は悪く、途切れながら、ときどきの沈黙は、相手の反応を待っているようであった。わずか一、二分程度のもので、「母さんはまともに答えたことはないけれど」という部分で尻切れトンボに終わったが、傍聴席からはざわめきが起こった。それから被告側の弁護人は、オリバーが、バイペッドが損傷した際に断固として代替機に応じなかったことや、担いでキャンプ地に運んだエピソードなどを付け加えた。

これらのオリバーの「性癖」を明るみに出すような展開は、裁判にとっては大きく作用しなかったが、ミラや家族たちにとっては面白くない結果を引き起こした。ネット上にはオリバーとバイペッドの関係を、さながら人間同士の関係のように揶揄《やゆ》する投稿が目立つようになった。オリバーがバイペッドにキスをするフェイクムービーや、彼に馬乗りになるバイペッドのイラストなどが匿名でもって界隈を賑わせた。ミラにその話題を振ると、彼女は苛々《いらいら》とした調子で「あれは今も許せない」と呟いた。「あの子の本心は私にはわからない。私は古い人間だから。だけど、彼らはただ面白がっているだけだった。そこはJDが正しかった。あいつらは羊だった。群れて、一斉に鳴いて」

裁判は長引いた。もともと長期戦を覚悟していたが、それでもミラの心労は大きかった。「あの弁護士もよくなかった。彼にとって大事なのはイデオロギーで、私たちはそれに利用されただけだった。どこかで流れを変える必要があった」

ミラが選んだのは、アーシャを呼ぶことだった。

＊

父さんは親しげに話しかけようと努力してた。でもしどろもどろでさ。じろじろ周りの人は見るし、ぼくの方が恥ずかしかったよ。

「あれだ、好きなものは？　好きなもの」なんて漠然とした質問で、ぼくはうまく答えられなかった。父さんは顔を真っ赤にして、「僕は、あれだ、スター・ウォーズが好きなんだ」と、勝手に答えて、また顔を赤くしてた。おかしいよね。どっちが子供かわかりゃしない。でもこの話題は悪くなくて、スター・ウォーズは十数年ぶりに新作が公開されることになっていたから、「ぼくも好きだよ」とうまく話に乗ることができたんだ。

父さんは顔を輝かせ、「なにが好きなんだ、なにが」と忙《せわ》しなく訊《き》いてきた。ぼくはつっかえながらも「R2‐D2」と返事をした。君も好きじゃないかな、もしかしたら。父さんもうんうん頷いていたから、ぼくは「あなたは?」と問い返したけど、父さんはなかなか答えようとしなかった。

何回かしつこく訊《たず》ねて、ようやく彼は答えた。全地形対応偵察トランスポート。「全地形対応偵察トランスポート」だよ? そんな長ったらしい名前、覚えられるはずもなかったし、どのエピソードに登場するかもよくわからなかった。ぼくがぽかんとしていると、父さんは「だから言いたくなかったんだ」と、怒り出した。腰に手を当てて、そっぽを向いて。

今思うと、そういうところが、母さんが父さんを好きになったところで、別れる理由にもなったところなんだろう。うん、今思うと、よくわかる。

＊

筐体の不具合の可能性を排除するために、ノースライナス社の開発部門の研究主任であるサイモンの証言は重要であるはずだったが、彼自身は事故により既に亡くなっていた。そのため、争点のひとつとなったバイペッド自体の技術的問題については、共同研究者が答えることとなった。それがアーシャだ。

「私が駆動系、彼が知能って感じで、ね」

アーシャは裁判に出ることは拒否し続けていたが、メディアの質問には積極的に答えていた。「堅苦しくなければなんでもいい」という彼女のスタンスは、サイモン亡きあとのバイペッド開発の全貌を知るうえで欠かせなかった。

「もともと私は、人体専用の補助デバイスの研究をしてたんだけど、サイモンに誘われて今の会社に入ったわけ。ドクター時代は研究室は違ったけど、サイモンの才能は知ってたから、面白そうだと思ってすぐに転職した」

どのメディアに対しても、きっかけをアーシャはそう答えた。そして多くのメディアは、軍需産業にかかわることに抵抗はないのか、という質問をし、アーシャはそのたびに特徴的なつり眉《まゆ》をぴくりぴくりとあげて「それって何の違いがあるの?」と返答した。「私にはスティラコサウルスとトロサウルスぐらいの違いしか感じない。や、結構違うんだけどね、恐竜であることには変わりないから。要は好みの問題」

いよいよ召喚に応じなければならなくなり、アーシャが証言台に立ったときは、それほど皆の注目を引かなかった。メディアへの露出が多かったせいで、おおかた新しいものなど出てこないと高《たか》を括《くく》っていたのだ。だから、彼女の口にした、「サイモンはオリバーの父親だ」という発言は、まさに爆弾だった。彼女はサイモンがバイペッドに組み込もうとしていた感情マッピングについて説明をしていたところだった。「人工知能に人間が持つような道徳や正義心を組み込むことは可能なのか」という弁護人の質問を一笑に付し、「自分の意識をバイペッドに直接アップロードでもできれば、息子を助けようと思ったかもね」と答えたのだ。

「戦争の道具に心なんて邪魔」

裁判官が廷内を静かにさせたあと、事もなげにアーシャは言った。「サイモンと私はそこらへん、一致してたと思うけどな。付き合ってたし。死んじゃったから、話しても別にいいでしょ?」

JDはアーシャのエンジニアとしての冷徹な証言（「機械は機械」と彼女はニュースで語っていた）を期待していたのだが、この発言は寝耳に水だった。騒然とする中、彼がミラを見ると、彼女は澄ました顔でアーシャを見つめていた。アーシャも彼女の視線を感じて、お互いにっこり笑い合ってみせた。「愉快だった」と、ミラは私に語った。「勝っても負けても、ひと泡吹かせてやりたかったから」

「あなたはアーシャがその話をすると知っていたんですか」

私が訊ねると、ミラは首を振った。「別に示し合わせてたわけじゃない。会ったのも久しぶりだったし。でも、彼女だったら、普通に言っちゃうんじゃないかなって期待もあった。ほら、彼女、空気読めないから」

「オリバーはそのことを?」

さあ、とミラは肩をすくめた。「知らなかったと思う。サイモンに会ったことはないはずだから」

JDはかなり怒ったと言う。

「復讐のために法廷を使わないでいただきたい、って言われた」ミラは笑った。「私が別れた夫の名誉を汚すためにしたんじゃないかって、彼、思ったみたい。そんな無意味なことするわけないのに」

ブランコがきいきい揺れている。私は風があるか確かめようとして、やめた。

「私はただ、オリバーの死を、無意味なものにしたくなかった。彼はアメリカの正義のためにでも、無能な国防総省の作戦のせいで死んだわけでもない。誰かが撃った誰かの銃弾が、彼を殺した。その誰かを私は知りたかった」

研究者たちは、ロボットに魂が宿ることなど信じてはいなかったが、世間はそうでもなかった。人間は壁の染みにまで友人の面影を見出す。オリバーは父親を、もっと現実的には、父親のつくったロボットを守ったのではないか、という世論が生まれ始めた。裁判は延期が予告され、国防総省は第三者委員会を立ち上げ、再度のバイペッド開発に関する調査を命じた。

「そんなことあるわけないじゃないですか」

その第三者委員会で調査主任を任されたユージンは、ニューヨークポストの取材にそう答えている。「父親の面影を見たなんてのは論外。百歩譲って父親のつくったものだから愛着を抱いていたとしても、そのために命を投げ出します？　ジョブズの息子が車に轢《ひ》かれそうになったiPhoneを捨て身で助けます？　特注品《カスタム・オーダー》ならともかく、あれはただのロボットですよ、大量生産が可能な」

再調査の結果、新たなバックドアが見つかった。そこからアクセスすることで、破損したと思われた、バイペッドの視覚と音声データの一時的な記録保管領域を見つけ出すことができた。オリバーを撃った兵士の姿も映っていたという。だが、「国益に関わるため」、その内容については非公開となった。ＣＮＮは、オリバーの隊を襲撃したのは、旧軍事政権の残党部隊ではなく、実際は第三国によるものだったのではないかと報じ、そもそもこのバックドアが今更見つかることがおかしいと隠蔽《いんぺい》を匂わせたことで、政権を揺るがす事態となった。

また、数語しか発声データをもたないバイペッドに、「リトルフット」という単語が含まれていたことも、様々な憶測を生んだ。国防総省長官のあだ名だという説から（確かに彼の背は低かった）、高度な宇宙人による介入という陰謀論まで、多様な意見が並んだ。ミラもアーシャも由来を知らなかった。ユージンは、同名の映画のタイトルから、「ルーカス好きだったサイモンのお遊び《イースターエッグ》でしょう」と、結論付けている。

裁判はその後も続いたが、最終的にはミラの敗訴に終わった。撃った人間が誰であれ、視覚データの解析では、やはりオリバーは不自然にバイペッドの前で立ち止まり、銃撃を受けたのだ。彼は敵の存在を確認すると、バイペッドの後ろに回るそぶりを一瞬見せながらも、なぜか突然立ち止まったことを第三者委員会のレポートは指摘していた。それは確かに庇う動作のように見えたし、なにかに気付いて立ち止まったようにも見えた。だが、それ以上のものは映っておらず、第一次オリバー報告書は覆《くつがえ》ることはなかった。

＊

ぼくの名前を呼ぶ声が、人ごみの遠くに聞こえた。母さんだ。父さんは見るからに慌てだしたので、ぼくも「もう行かなきゃ」って告げた。彼は悲しそうな顔をしながら、でも、頑《かたく》なにその場から動かないでいた。ぼくは子供心に、もう二度と彼には会えないことを悟っていた。なにか、なにかを、ぼくは彼のために残したかった。

＊

「で、あなたをメッセンジャーとして寄越《よこ》したのは、アーシャね」

私は頷いた。いや、頷いたとわかるジェスチャーを表示した。ミラは私の二本足と、その台座についたAR映像を眺めた。

「これって私への当てつけ？」

アーシャは裁判のあと、退職を余儀なくされていた。

「いえ、ただ空気が読めないだけかと」私は〈笑って〉みせた。「彼女は新しい研究所でのびのびやっています。バイペッドに余情的自律思考と会話機能までつける余裕があるぐらいですから」

そして私は、ストックボックスから、紙を一枚取り出した。「記録の確認のほかに、これを見せるよう言付《ことづ》かっています。私が確認できないよう、フィジカルなデータで渡せとのことでした」

ミラはそれを受けとり、しばらく眺めたあと、深く深く息を吐いた。

「死んだって」

ぼそりと彼女は言い、私の視覚装置の前に紙を突き出した。オリバーの隊を襲撃した犯人たちは、先の空爆により全員の死亡が確認された、機密につき犯人の情報については開示できない、という内容だった。そうですか、と私は言い、ミラはしばらく空を見上げていた。私はこういう場合、人間は泣くものだと思っていたが、彼女は唇の端を上げて、見方によっては、笑っているようだった。

「ここまで計画を立てていたのですか」

私が訊くと、彼女は表情を曖昧にしながら、まさか、と口にした。

「サイモンは記録を残すことにこだわっていた。それこそ、コーヒーのレシートから子供の頃の日記まで。だから絶対、自分の作品にもそういう領域を残しているはずだと信じてたし、それが見つかれば、私の息子を殺した連中の姿がわかると思っていた。私が知りたかったのは、それだけ」

ミラはそこで言葉を切った。目を瞬《またた》かせた。唇が震えている。

「でもそれは」彼女は目を閉じた。「最良の結果ではなかった。私にとっても、オリバーにとっても」

お気の毒です、という私のチャットボット的定型句はなぜか発声装置から流れることはなかった。代わりに私は、「最良は」という言葉を流した。「息子さんが生きていることですものね」

ミラは驚いたように私を見つめ、それからうつむいた。人間はこうやって泣くのかと、私は〈新鮮な気持ち〉で眺めた。そして、足ではなく腕があったらよかったと、彼女の小さな背中の画像データを、アーシャのつくった秘密の記憶領域《アーカイブス》に、そっと保存した。

＊

「名前」

と、ぼくは叫んだ。恐竜のぬいぐるみを突き出して。「この子の名前決めてよ」って。

父さんの顔はくしゃっとなった。もしゃもしゃとした髭《ひげ》も一緒に歪《ゆが》む。父さんは考えた。いや、考えるふりをしたんだろう。きっと、最初からどんな名前にするかは決めていたはずなんだ。そうやって父さんは、ぼくに何かを残したかったんだから。彼が今まで残してきたレシートや、映画の半券のように。

「リトルフットだ」

彼はそう言った。「リトルフット。僕たちだけの、秘密だ」

秘密、という言葉はとても甘く、やさしいものだった。父さんは人ごみの中に消えたし、恐竜のぬいぐるみはすぐに母さんに捨てられたし、当時のぼくが悟ったように、それから二度と会うことはなかったし、ほんの些細な、思い出とも言えない小さな小さな、数キロバイト分の記憶《アーカイブス》。だけど、冬の日に飲むホットチョコみたいで、それからぼくは、ときどきそれを手で包みこむように思い出していたんだ。

でも、この記憶を誰にも渡したことはない。君にもたぶん、この記憶は残らないんだろう。わかってる。わかってるから、君に話すんだ。全地形対応偵察《スカウト》・トランスポート《ウォーカー》の君に。これは、ぼくだけのものだから。

リモート

サトルが来ることは、サトルが来る前から聞いていたんだ。ヤマノ先生が一週間ぐらい前に教えてくれた。だけど、自分たちと同じ男子中学生であること、事故で体が動かないこと、だから「ロボット」で学校に通うことぐらいしか教えてくれなかった。ヤマノ先生は今年で定年だけど、それでも「ロボット」なんて言い方、ちょっと古臭くて、最初は何かの冗談なのかと思った。

でも確かに、サトルを初めて見たとき、「ロボット」っていう感じがしたんだ。テレビで同じようにリモートで学校に通う子供を見たことがあるけど、それはもっと洗練されていたのもあるんだと思う。テレビではアンドロイド型のものもあったし、個性の強いメカニック系のものもあった。サトルのは、カラーリングもほとんどされていない部分もあったし、少し型が古い印象があったからなのかもしれない。でも、前世紀のいわゆる「ロボット」とは、似ても似つかないんだけどね。

「きっとそれは」サトルはいつか答えてくれたね。「テレビに出るような子供たちは、大口のスポンサーがついている場合がほとんどだからだよ。昔は企業のロゴをつけてたなんて例もあったそうだし」

「サトルにはそういうスポンサーはいなかったの？」

そう聞くと、サトルは画面の奥で笑ってたね。

「現実的に言えばそれは運とコネの問題だ。だけど、心象的には、アイデンティティの問題でもある」

「アイデンティティ？」

「この体の所属は誰のものか、という、古典的な話だよ」

サトルは指の先だけが辛《かろ》うじて動かせると言っていた。だから指につなげたデバイスで入力された言葉が音声化されて伝わるんだったね。そのせいもあるのか、使う言葉が妙に堅苦《かたくる》しくて大人びて聞こえることがあった。

「先生」

サトルはよく先生に対しても歯に衣着せぬ発言をしていたのを覚えている。

「ここ一週間の間、僕がこの教室内で発言した回数が、他の生徒の平均と比べて極端に少ないことが気にかかります」これは、社会の教師に対して批判したときだ。「教育の機会均等というよりかは、僕のこの筐体《きょうたい》のために先生が指名をためらっているのだとしたら、その点はご配慮いただかなくてもいい、ということを伝えたいのです」

でもこれは失敗だった、とサトルはあとで言ったね。

「僕の中でこれは、前世紀からある人種間の差別と同類の問題なんだ。でも、この学校の教師はただ不慣れで、戸惑っているだけだ。だから、僕の言葉はただの皮肉になってしまったし、彼らの業務量を増やしただけだろう」

サトルは特別だった。生徒たちは、そこに憧れや嫉妬みたいなものを感じていたんだと思う。

カオリのことは覚えてる？　この前、久しぶりに彼女に会ったんだよ。

「サトルには感謝してる」

そう彼女は言っていたよ。指を広げて、目の前でグーパーしてみせた。

サトルとカオリの話は、秋の終わりぐらいだったかな。みんなサトルに慣れてきたころで、サトルの見た目について冗談を言えるぐらいになっていた。安っぽい保護素材とか、効率だけ考えた六本の脚とか。その中には際《きわ》どいジョークもあったのかもしれないけど、サトルは笑ってやり過ごしていたね。

だから、カオリを揶揄《やゆ》する男子たちの言葉に、サトルがあんなに怒ったのが意外だった。カオリが持っていた六本の指と、自分の姿を重ねたのかな、と最初は思ったけど、たぶんそれは違うよね。

「嬉しかったんだ」カオリはそうお礼を言っていた。「私もよく六本の指について友達にからかわれた。いつも適当にやり過ごしてたけど、サトルがあんなに怒ってくれたから、ああこれは、笑って済ませていいことじゃないんだって、そう理解できたんだ」

だけどね、サトル。カオリの六本目の指はもうないんだ。手術でとってしまった。

「実は、サトルが怒ってくれたあの日、もうあの日には、手術の日程が決まっていたの。だから、嬉しい気持ちもあったけど、なんだか複雑だった。私はどっち側の人間なんだろうって」

カオリはいい子だね。サトル、君もそう思うだろう？


君と最後に一緒に話したのは、その冬の一番寒い日だった。

いつもサトルのリモート筐体は学校の隅《すみ》の倉庫に保管されていた。ヤマノ先生が放課後そこまで運んでいて、その日も先生が運ぶはずだった。だけど、他の先生がヤマノ先生を呼びに来た。ずいぶんと焦った様子で。だからその代わりに、一緒にサトルを連れていくことになったんだ。

「どうして学校に来ようと思ったの？」

その質問を君にしたことを覚えているだろうか。君は少し考えているようで、珍しく沈黙が続いた。六本の足音が静かにがしゃがしゃ廊下に響いていて、なんだか懐かしい気持ちになったことを覚えている。

「肉体と精神、どちらが優れていると思う？」

君は答える代わりに質問を返した。精神かな、と答えると、君は「確かにそれが一般的だろう」と、画面の奥で頷いてみせた。

「行方不明者のことを考えてほしい」君はそこで立ち止まったんだ。「一〇年経とうが二〇年経とうが、肉体が出てこなければ、彼らはずっと行方不明のままなんだ。恐らく死んでいるにもかかわらず、肉体がなければそこに死は存在しない。この世界では、物理的存在が常に一義的になるんだ」

いつもはゆったり喋るサトルだけれど、このときの君は、この台詞をたぶん一息で言い切った。それからまた、六本の脚でがしゃがしゃ歩き始めた。倉庫はすぐそこだった。

「画面の向こうからリモート的に存在するだけでは、たぶん僕は何の痕跡も残せなかったと思うんだ。だから僕には肉体が必要だった。そういえば、少しは伝わるかな」

そのとき、君にそう聞かれて頷きはしたけれど、本当はよくわからなかった。少し実感をもてたのは、サトルの父親が逮捕されたのを知ったときだ。

サトルの父親の罪状は詐欺罪だった。サトルの障害児福祉手当を違法に受給していたからだ。なぜ違法かと言えば、サトルは既に死んでいたからだ。この学校に来る何か月も前から。

あとで知ったことだけど、サトルの「ロボット」は、父親が遠隔で操作していたということだった。彼は仕事も辞めて、ずっと家に籠《こも》って、「ロボット」を動かしていた。画面にはサトルの生前の動画を合成し、父親自身がキーボードで打った言葉を、サトルの「ロボット」は喋っていた。サトルの生前の行動をデータ化して、どうしても父親自身がその場を離れなければならないときは、ボットのようにこたえさせていたこともあったそうだ。その父親がどういう気持ちで「ロボット」を動かしていたかはわからない。ただ、不正受給していたお金には一切手がつけられていなかったそうだ。

あの一番寒かった冬の日、ヤマノ先生は、その父親が逮捕された件で校長先生に呼ばれていた。じゃあ。じゃあ、あのとき、「肉体と精神」の話をしていた君は、誰だったんだろうか。サトルのボット？　それとも？　それが知りたくて、こんな手紙を、君に送るんだ。出す当てもない手紙を、電子の波に向けて。

「さあ、電源を切ってくれ」

倉庫の中に入ると、君はそう言った。電源の場所なんて僕は知らなかった。

「ここだよ」

サトルの画面の下あたりにプラスチックの蓋《ふた》があって、そこを開けるとボタンが見えた。

「ゆっくり、確実に押してくれ」

君が最後にそう言って、僕がそのボタンをゆっくり、確実に押した。感触は曖昧で、音もしなかった。

私のつまと、私のはは

首の骨を折る。

フライパンを擦《こす》りながら、いつのまにか呟いていたことに、理子《りこ》は気づいた。ひとり暮らしのころから使い始めたこの鉄のフライパンの二二センチというサイズは自分によく合っている。目玉焼きは二つ焼けるし、合間にウインナーもつけられる。それでいて、壁にかけてもそれほど占有しない。チャーハンとか回鍋肉《ホイコーロー》とか、ちょっとした炒め物もこれで十分だ。今の職場兼自宅のキッチンは、妥協して小さなものにしてしまったので、あまり食器や調理器具を置いておきたくない。

首の骨を折る。

焦《こ》げは落ちた。前回この作業をしたのは確か半年ほど前だった。他のフライパンから「もらい錆《さび》」しないように分けて収納していても、調理後の洗いをすぐにしても、焦げはできるし、錆もできる。おおよそ三〇分もかかるこの焦げ落としの作業を、知由里《ちゆり》は「鉄フライパン陰謀論」と呼んで「お前もテフロン至上主義にならないか?・」と笑った。だが、理子はこの時間がそんなに嫌いではなかった。無心に焦げと錆をとるこの作業は、頭と心をからっぽにできた。

「首の骨を折る」

今度ははっきりと口に出して言った。それは、理子がデザインを手掛けている商品のパンフレット案に書いてあった言葉だった。クライアントである会社の代表の植松《うえまつ》氏からはパンフレットのデザイン全体の作成を依頼されていた。新製品の展示会があり、そこで配布するものをつくりたいと、理子に依頼があった。「子育て体験キット〈ひよひよ〉」という仮称がつけられたその製品は、彼が資料として送りつけたつくりかけの説明書によれば、ARグラスを用いた擬似的な乳児の育児体験ができる、という主旨のようだった。のっぺらぼうの人型の小さな筐《きょう》体《たい》があり、グラスをかざして覗くとリアルな赤ん坊の姿が見えるようになるという代物《しろもの》だ。それを世話するという趣向で、「赤ん坊は日々成長していき」、「立ち上がるようになる一歳」まで「育児を体験することができ」ると謳《うた》われていた。なぜ一歳までなのかと最初は疑問だったが、立って動くという動作が機械的に困難なためだろうと理子は推察した。「赤ん坊」はリアルタイムで成長し、「本物と同じように」、ぐずったり笑ったり排泄《はいせつ》をしたり母乳を飲んだりするということだった。そのため、成長を止めることは人間と同じくできない。しかし、緊急の処置として「初期化」は可能だということだった。「初期化の作業は万一のときのみ行ってください」という文章の下の方に、「筐体のつなぎめである首の骨を折る」行為が必要だと書かれていた。「ただし、初期化回数には上限があります」という注釈も小さく。首の骨。イラストもなにもないその説明書では意味がわからず、しばらく理子はその文章を繰り返し読んだ。

首の骨を折る、首の骨を折る……。

理子は自分の首に手を当てた。デザイナーという職業上、肩こり腰痛は税金を支払うことと同義だ。鳴らすのはいけない、とどこかで聞いたことがあるが、頭を左右に振ると、こきこきと音が鳴り、癖のようになってしまっている。知り合いの整体師は、理子が来ると嬉々とした表情を浮かべているので、よほどの状態なのかもしれない。こきこき、とリズムをつけながら、理子はフライパンの水分をよく拭きとり、コンロの火を使って焼きつけを行う。銀色の底が、青白く変わっていく。焼きつけを終えたら油をたっぷり入れてあたためる。煙がもくもくと出て、初めのころは煙感知器が反応してしまったこともある。屑《くず》野菜を炒めながら油を注ぎ足し、膜を何層にもつくっていく。最後に水洗いをし、油を塗る。

「儀式だね」

知由里はもう理子のそのフライパンの作業に口を挟むことはないが、いつだったか、そんなことを言ったことがある。「悪魔を呼び出したり、死者を降霊させたりするやつとおんなじ。その人にとっては意味がある。意味があることは、大切だ」

フライパンを壁にかけ、その黒い鈍色《にびいろ》の光ににまにまっとすると、理子は仕事場に戻った。メーラーを立ち上げ、植松氏にメールを送る。お世話になってます、首を折るという表現の意味がよくわからずイラストにできません、もう少し具体的に説明願えますか、という内容をもっと婉曲《えんきょく》に回りくどく書くと、すぐに仕事用の携帯に電話がかかってきた。

「植松です」

今までずっとメールでのやりとりだったので、声を初めて聞いた。風呂にでも入っているようなくぐもった声で、そのせいなのか、歳のころが曖昧《あいまい》な印象を受けた。

「まだ製作途中でございまして、わかりにくい説明でまことにあいすみません」

植松氏は電話の向こうで頭を下げているのかもしれない。彼の曖昧に低い声を聞いていると、昔、実家で飼っていたグレート・ピレニーズを思い出した。真っ白なふわふわの巨体に埋もれて、理子はよく一緒に昼寝をしていた。彼女は頭の中で、植松氏が大きな白い巨体のふわふわになり、ぴょこぴょこ頭を動かしている様を想像して、口元を緩ませた。

「具体的にどのようなところがわかりにくかったでしょうか」

「首の骨を折る、というところなんですが」

理子はそう言いながら、妙な味のする言葉だなと思った。「これはどういうことなんでしょうか。字義通り解釈をしてよろしいのでしょうか」

「字義通り解釈をしてよろしいのでございます」植松氏は答えた。「〈ひよひよ〉の筐体は、首に当たる部分に初期化のスイッチがあります。スイッチ自体は内部に存在し、外側からは押せない状態になっているため、首の骨を折るという動作を経ることで有効になります」

「有効になる」

「初期化されるということでございます」

同じ表現を植松氏は繰り返し、理子は黙った。

「ご理解いただけましたでしょうか」

「というと」理子は植松氏の真っ白い毛を頭の中で撫でながら続けた。「ここで指定されているイラストは、赤ん坊の首の骨を折っている様子を描くことになる、ということでしょうか」

「おっしゃるとおりです」

植松氏が深く頷いた気配があった。そうなんです、よくおわかりになりましたね、衆生《しゅじょう》の者にはなかなか度《ど》し難《がた》く、あなたのような人間は稀《まれ》なんです。

「なぜ首を折る必要があるのでしょうか」

「首の骨ですね」

とうとう訊ねた理子の言葉を、植松氏は即座に訂正し、「必要」と、繰り返し、その流暢な弁舌がしばし止まった。それは答えに窮《きゅう》したというより、この理解の浅い相手に解《わか》ってもらうためになにを言えばいいのか考えを組み立てているような雰囲気があった。

「お子さんはおられますか」

彼は出し抜けにそう訊《たず》ねた。いない、と短く理子が答えると、「欲しいと思ったことは」と、続けた。理子はその質問を失礼な類のものの引き出しに仕舞い、沈黙で答えた。植松氏は特に気にすることもなく、「私にはひとりおりまして」と言った。

「子育ては神聖であると我々は考えています」続く言葉は、彼に子どもがひとりいることと関係あるか不明瞭だった。「もしかすると、我々の製品は、製品として存在する時点で、その神聖さを侵すなんらかの罪を背負っているのかもしれません。ですが、昨今の痛ましい子どもと母親をめぐる状況を見るにつけ、なにもしないということはそれ自体が罪であると私は考えます。そのひとつの妥協的な案として、体験とは言え、安易な初期化をお客様にはしていただきたくない。そのためです」

「そのため」

「ええ」平板に植松氏は相槌をうった。「首の骨の、いわゆる椎体《ついたい》は六〇〇キログラムまで耐えられるんだそうです。意外に強いですよね。とはいっても、これは加重を徐々に行った場合の話でして、急激な力が加わった場合はその限りではない。ただ、そうそう折れるものではないんですね。乳児の骨は折れやすい、というか柔らかいのでちょっとしたことで折れと同じ状態になってしまうことはあるそうですが、いずれにせよ、相応の力が必要なんです」

つまり、と理子は呟き、「心理的抵抗があり、手間のかかる作業をあえてさせている」と補足するように言った。そうです、と植松氏は同意した。

「そのために首の骨を折るのです」

彼の出してきた企画書によると、〈ひよひよ〉は、展示会のブースで一連の体験ができるようにしたく、パンフレットにも、「誕生〜一歳」の記述とイラストが欲しいとのことだった。もともと、会社自体もまったく聞いたことがなく、技術自体は既存のARや軀体《くたい》制御の流用と拡張といった感じで、依頼を受けたときも、その安っぽいホームページを見て、まず存在から理子は疑っていたし、初めは断ろうと考えていた。しかし、市価よりもふっかけた前金もきちんと振り込まれ、理子のような零細フリーランスとしては無下《むげ》にもできなかった。

「初期化の部分を記載しないのはいかがでしょうか」

理子はそう提案した。「ご主張はわかりましたが、『首の骨を折る』というイラストや文言はどのような形にしても一定の忌避感を覚える方がいらっしゃるかと思います。今回はデモンストレーションですし、初期化自体は必須の行為ではなさそうですので、あえて外してみてはいかがでしょうか」

植松氏は、「検討します」とそれに返答し、「少しお待ちいただけますか」と電話を保留にした。どこかで聞いた保留音だったが、音楽に疎《うと》い理子は見当がつかないし、植松氏はなかなか戻ってこない。もしかしたら彼は、その箒《ほうき》のようなしっぽをふりふり、近所のドッグランに散歩に行ったのかもしれない。彼がフリスビーをぱっくりくわえる様子を手元のメモ用紙に描きながら、理子は待ち続けた。

「ご提案の通りにしてみましょう」

曲が五回目のリフレインに入る手前ぐらいに植松氏は帰ってきた。フリスビーの残像も消える。「資料はつくり直してすぐに送付いたします。その上で、差し支えなければ、製品のデモ版をお送りしたいのですが」

「デモ版?」

「ええ」植松氏は答えた。「実物をもとに仕事をされた方が、お互いの理解がより深まるかと思いますので」

互いの、というのが誰と誰を指すのか咄嗟《とつさ》に判断がつかず、そのほんの少しの白い隙間を縫って、理子が断りを口にする前に、電話は切れた。沈黙した携帯を眺めながら、また急にしゃべりだすのではないかとしばらく彼女は眺めてみたが、それは黙ったままだった。

翌日、〈ひよひよ〉は理子の事務所に届いた。

「なんか大福みたい」

夜勤明けの知由里が勝手にダンボールを開けて言った。

「ちょっと」

理子が眉をひそめると、「お先にごめんねー」と言いながら、知由里はさっさと他の袋も開けていく。確かに、メインの筐体は大きい大福と中くらいの大福が二つ繋《つな》がっており、腕や脚と思《おぼ》しき小さな大福が、それらの大福に連なっている。

「返そうと思ってたのに」

「え、なんで」

「だって、首を折る必要のある製品をつくってる会社だよ」

なにそれ、と知由里が言うので、昨日の電話のだいたいを理子は伝えた。「やべえな」と知由里は大福を指でぱちんと弾く。「なんかの宗教?」

「まあ、わかんないけど」金払いはいいんだよね、と理子が言うと、ますますだねえと知由里は口にし、それでも付属品を次々と開梱していく。

「だけどコンセプトはおもしろそうじゃん」

修正したという説明書を眺めながら、知由里は言った。「私たちみたいのにもぴったりかも」

その言葉を理子は聞かなかったふりをし、付属していたARグラスをかけてみる。既に充電されていたのか起動音のあとに、接続のための音声ガイダンスが流れ始めた。狭小の指向性スピーカーのようで、自分の耳以外には音声が届かないようだ。グラスはもうひとつあり、知由里もかけて、いろいろと設定を始めている。

「うわ、やべ、これ」

大福を見ながら知由里が叫んだ。「リアルリアル。いや、リアルじゃないのか？　でもすげえホンモノっぽい」

こういう手合《てあい》に強い知由里はさっそく大福を抱きかかえながらいろいろ試している。設定に戸惑っていた理子がようやく筐体との接続を終えると、知由里が赤ん坊を抱いている映像が飛び込んできた。そして、その風景は思ったよりも理子を動揺させ、彼女はすぐにグラスを外した。

「どした？」

微笑みながら大福を抱える知由里に首を振り、理子はもう一度グラスをかけた。また、赤ん坊がそこにいる。生後すぐ、ということなのだろう。泣いている。でも、想像していたよりも半音低く、そして音量も小さい。実際もそういうものなのか、「体験」的に調整されているものなのか、経験のない理子には判別ができない。赤ん坊は裸で、男か女か確かめようとして股の間を覗くと、そこは奇妙につるりとしていて、昔興味本位で服を脱がせたバービー人形を理子は思い出した。

「各種法律の制限のため性器に関する表現はありません、だって」知由里は説明書を読み上げた。「七歳までは神のうち、という言い伝えがあるように、私たちは今回の体験に性別の区別の必要性を感じていません」

「なにそれ」

「いや、そう書いてあんだよ」

ひらひらと知由里が片手で説明書を振ってみせると、ずるりと赤ん坊が落ちそうになり、慌《あわ》てて彼女は抱え直す。「あぶなかったでちゅねー」と知由里は口にし、赤ん坊の泣き声は徐々に小さくなってきている。

「リアル」というには、赤ん坊自体のARの映像表現は簡略化されていた。理子もいくつか、本物志向のAR体験をしてきたが、あまりにも細部まで描きこみがされていると、逆に空々《そらぞら》しさを感じたり、違和感を覚えたりした。詳しいことはわからないが、脳が適当に処理している表現をまざまざと見せつけられることに起因するのだろうと理子は考えていた。その点で、この〈ひよひよ〉は、処理が適当で、あまり認識に負荷がかからない感覚だ。言うなれば、絵画的な技法での映像処理、とでも表現すればよいのだろうか。

「すごい、寝たよ」

知由里は赤ん坊の顔を理子に向けた。すやすや、という言い方がよく似合う表情で眠っている。

「やっぱり看護師だから?」

「産科は経験ないんだけどねー」

そう言って、知由里は「理子も、ほら」と赤ん坊を差し出した。断るわけにもいかず、理子は受けとる。思っていたよりも軽い。仕様なのかどうか、筐体自体があたたかく、それがより「リアル」な印象を助けていた。

「服を着せないとね」知由里に返すと、彼女はそう言った。え、と理子は思ったが黙っていた。本当はひととおり試したらすぐに返却するつもりだったからだ。だが、知由里の様子を見る限り、それは難しそうだった。植松氏も、返却期限についてはなにも言っていなかった。理子はキッチンに引っ込み、冷蔵庫を開ける。二割引きになっていた鶏胸肉を急いで消費しなければならなかった。レモンに豆乳、ベランダのローズマリー、と、頭の中に今日の材料を挙げていき、それからあの大福姿の赤ん坊のイメージが入りこみ、彼（彼女）にはなにを与えればよいのだろうと、ぼんやりして、とりあえず、鉄のフライパンにオリーブオイルを引いて、じゅじゅじゅと胸肉をこんがり焼き上げる場面を想像した。

知由里と初めて会ったのは〈集《つど》い〉だった。

新宿にある貸会議室だった。冬の日で、からからに晴れていて、遠くに富士山が見えた。理子はそのころ別の恋人がいて、知由里も同様だった。最初のアイスブレイクのくじ引きで、理子は知由里とペアになり、「お互いのいいところを褒め合う三分」というアクティビティをした。

「髪だね」

開口一番、知由里は言った。「さらっさら。前世でアフガン・ハウンドだったんじゃないの?」

「アフガン・ハウンド?」

「ほらこれ」と、知由里はスマホで写真を見せた。そこには黒く大きい犬がいて、確かに毛並みに光沢が出るほどさらさらしていた。

「私はこれだからさ」

知由里は自分の頭をがしがしとした。彼女の髪は鳥の巣というほどでもないが、ちりちりとしていて、手入れが大変そうだった。「必要があるときはストパしてたんだけど、まー、めんどい」

「必要があるとき?」

「なんていうの? 真面目な会議みたいなときとか」

「ほんと?」

マジマジ、と、知由里は大きな口を開けて笑った。「なんか偉い人が来る会議とかでさ、お局《つぼね》に言われて毎回ストパかけてたんだけど、めんどうになってかけずに出たら、その偉い人からすげえ怒られてさ」

「なんで?」

「不真面目に見えるんだと」わけわかんねえよな、と知由里は言った。「だけど、それって人権侵害じゃないすか、訴えますよ、って言ったら黙っちゃって。だからそれからいつつもパーマはかけてない。陰でたぶん、人権天パって呼ばれてると思う」

知由里は理子をまじまじと見て、ストレートは楽そう、と言いかけ、「いやそれは悪い言い方だ」と笑った。なかなかすてきな笑顔だった。「人の悩みはそれぞれで、それはその人のものだから、私がとやかく言うべきことじゃあない」

「隣の芝生だね」

「他山の石としよう」

そこで三分が終わり、理子は、知由里を褒めるタイミングを失った。そのことを詫びると、「私のよさは三分じゃ収まんないから」と、彼女はウインクしてみせた。まじか、と理子は思ったが、彫りの濃い彼女にその所作は似合っていて、思わず理子も相好《そうごう》を崩した。

次に理子が知由里に会ったのは病院で、そのときに彼女が看護師をしていることを知った。理子は放置していた胃の痛みが潰瘍《かいよう》だったことが判明し、手術のために入院した病棟の担当が知由里だった。彼女はすぐに理子に気がつき、「体温はかりますねー」と言ったあと、「それじゃあその間、私のこと褒めてくれる?」と、またウインクしてみせた。理子ははっと笑い、その拍子にお腹が痛み、顔をしかめた。

それから、お互い恋人と別れて、お互いが付き合い始めたことに直接の理由はない。二人の出会いが、その前の別れとどの程度関係しているのか、その影響について定量的に測る方法はない、と理子は思っている。理子は、前の恋人から知由里の存在をなじられたが、それは見当違いだと感じ、見当違いだと反論し、ますます相手の不興を買った。理子は今でも自分に誤りはなかったと考えているが、人は事象同士の関連をかなり安易に結びつけるものだということを学んだ。

その意味で〈集い〉は知由里との出会いの場として特別な意味をもっている。が、理子としてはその意味が重すぎるときもある。

知由里に「返そうと思うんだけど」と伝えると、案の定、彼女は不満げな顔になった。

「来週、〈コウノトリの集い〉もあるし、ちょうどいいネタじゃん」

知由里は言った。理子は単に「集い」と呼ぶが、知由里はちゃんとフルネームで「コウノトリの集い」と口にする。そのこだわりに、理子はときどきざらりとした手触りを覚える。でもそれを口にしたら、「じゃあなんで理子は〈集い〉としか言わないわけ？　結局、理子は本気じゃないんじゃないの？」と反論を食らうことはわかっていた。本気でない、と言われるのは自分のことを見誤っているからと理子は思うが、知由里のようなまっすぐな気持ちがお前にあるのかと問われると心許《こころもと》ない。

「ちょっと変な会社っぽいし、必要以上にあんまり関わりたくないかなって」

知由里は理子の返答を言い訳と受けとったらしい。瞳から光がすうと消え、「そ」と短い返事をして、黙々と夕食を食べ続けた。今日はベランダで育てているしそを使ったジェノベーゼだった。くるみをフードプロセッサーで砕き、オリーブオイルも混じりつけなしのものを使って、そこそこ手がこんでいる。知由里のよいところはいくつもあるが、食事の感想をいつも新鮮に口にしてくれるところは嬉しい。おいしい、なにこの味はじめて、舌が躍動してる、胃の中に永遠にとどめておきたいね、などなど。ときどき大げさに表現するそれらを聞くのが理子は好きだった。でも今日はなにも言ってくれないだろうと、少し落ち込む。ひとりの食事でも理子はなんとも思わないが、ふたりのときのこういう食事はより寂しい。ひとりより、ふたりの方が悲しさの質が研ぎ澄まされる、ということを、理子は知由里と暮らし始めて知った。

出発する前にもひと悶着あった。

「え、この子置いてくの?」

〈ひよひよ〉の筐体は、とりあえず百均のクッションやタオルを組み合わせた簡易ベッドに寝かせていた。非接触式の電源アダプターが同梱されており、そちらに横たえることで充電が開始されるという仕様だった。置くときにもコツが必要で、そっと寝かせたつもりでも、突然泣き始めるのに理子は参っていた。

「え、連れてくの?」

だから、そもそも理子には〈ひよひよ〉を連れていくという発想自体がなかった。理子の返答にまた知由里の眉間に皺《しわ》が寄ったが、発表前の製品であることや一応借り物であることを説明すると、ようやく納得した。

「けっきょく、機械だしね」最後に、知由里はそう呟いた。それはどこか自分を納得させるような声色《こわいろ》で、納得させる必要があるという事実を、理子は見て見ぬふりをした。

〈集い〉の会場は新宿から広尾に移り、少し月会費も上がった。「なんにつけても金がかかるよ」と知由里はそのとき言ったが、広尾の〈集い〉で使う会場は大きな一軒家で、小さなイギリス風の庭園があるその場所自体は、理子はそんなに嫌いではなかった。その日もよく晴れた夏の日で、夾竹桃《きょうちくとう》が庭先でさんさんと咲き誇っていた。

今回の〈集い〉は、ミホ・サチペアの卒業祝いを兼ねていた。二人は精子提供による出産にこだわっており、先日、晴れて懐妊したという報告があった。

「いいドナーの方なんです」

ミホさんは簡単なスピーチのあと、そう言った。今は妊娠四か月とのことで、お腹はそんなに目立たない。「ほんとに、こればっかりはめぐりあわせだから、運がよかったとしか言えない。詳しくみなさんに伝えられないのが残念だけど、いつか自分の子どもが自分のドナーに会いたいと思ったら、快く会わせられると思う」

レズビアンに限らないが、普通の異性カップル以外が子どもをもとうとすると、この「ドナー」問題が大きく立ちはだかる。現状、法律的に「夫婦」と認められない日本で、同性カップルが出産をすることは困難だ。

「たぶん、ビアンの集団に故郷の村を焼かれたんだろうよ」

日本のあまりにも硬直した法律に、知由里はそんな風に毒づいている。不妊治療などで提供される技術はすべて異性同士のパートナーを想定しているため、理子たちのような同性カップルが妊娠するための「精子ドナー」を見つける手段は現状、公式的なものはほとんどない。ミホさんは知り合いを通じて紹介されたゲイの男性から提供された、ということだが、多くの場合はそういう知人や友人のツテであり、最近はSNSなどを活用した募集なども見受けられる。体外受精や海外の病院での処置も理子たちは考えたが、費用と時間的拘束、身体への負担などから早々に断念していた。だから、ミホさんの例は本当におめでたいことなのだ。

知由里が熱心にミホさんと話し込んでいるのはそういうわけだ。もしかしたらそのドナーを紹介してほしいと言っているのかもしれない。だが、それは難しいだろうと理子は思う。よほどの理念をもっているような人間でなければ、心理的に複数の精子提供を行うことはない。「男が嫌いな私が男のものをどうしてこんな探さなきゃならないんだ」と知由里は苦笑いを、苦々しく浮かべていた。

理子は手持無沙汰に庭のベンチに座っている。知由里の話し声は聞こえないが、熱を帯びているのはわかる。そばに行った方がいいのはわかっているが、腰が上がらない。だってこんなにいい天気なのだ。青空で、光が溢れていて。日差しは強く、額は汗ばんでくるが、乾いた風のある過ごしやすい日だった。アイスティーの氷が溶けて音を立て、その涼やかな色に、こういう日だけあればいいんだけどな、と理子は思った。私は、こういう日だけあればいい。

「あら、すてきなお花がひとりぼっち」

いつのまにか、クーさんが横に座っていた。理子の袖をつまむ仕草をする。「私がもう少し若ければ摘《つ》んでいたんですけど」

クーさんは〈集い〉の発起人だ。理子のようなレズビアンだけでなく、ゲイやその他の、子どもをもつことを希望するカップルの手助けや悩みの相談に乗っている。クーさんの正確な年齢は知らないが、理子ぐらいの歳だったころには、もうこの〈集い〉の前身はあったという。クーさんは理子の母親だと言ってもよさそうな風貌だから、そんなに昔から取り組んでいるということには、素直に頭が下がる。

「悩み事?」

そう訊ねるクーさんに、理子は「顔に書いてありました?」と冗談めかして答えた。

「ほっぺたに大きく」クーさんは指先で理子の頬を押した。「とはいっても、この会に来る人で、悩みをもたない人なんていないと思いますけどね」

「まあ、ちょっと仕事で」理子は言った。「金払いはいいけど、少し厄介なやつで」

「それって一番引き受けちゃいけない仕事ね」クーさんは笑った。「映画だと、最後に主人公が死ぬタイプのやつ」

「恋人を守りながら?」

「あるいは溶鉱炉に沈みながら」

それからクーさんは部屋の様子を眺めながら、「知由里さんは熱心ね」と言った。理子は、そうですね、と短く答え、視線を生垣に向けた。青々としているそれはツツジだろう。花はもう散っている。

「理子さんはあまり子どもはもちたくない」

さらりとした調子で、クーさんは理子を見つめた。理子は意表を突かれ、言葉に詰まり、

「クーさんはいつもストレートですね」と、苦笑いをした。

「人生は短めですから、ショートカットできるところはした方がよろしいのです」

クーさんも微笑み返した。「わたしができることは、こうして若い人の悩みを聞くことぐらいですけど」

理子は息をついた。

「欲しくないわけじゃないんです。前のパートナーとも、この会に来たんだし」もちろん、乗り気だったのは向こうですけど、と理子は付け足した。「だけど、面倒くささが先に立つんです。もちろん、普通のカップルとか夫婦だって、出産は大変だし面倒でしょうけど、私たちみたいな属性の人間の前には、それに加えて法律とか、世間体とか、社会とか、お金とか、壁が何重にも聳《そび》えていて、理不尽だなって思うんですよ。そのくせ、その壁を乗り越《こ》えて得たことって、普通の夫婦たちが得るもの以上の価値にはなり得ない」

「つまり、不公平」

「そうです」理子は続けた。「昔から〈できちゃった婚〉って言葉が嫌いで。これ、私たちには一生縁のない言葉なんですよ。あと、神様からの授かりものみたいな表現も。私たちに、不意に、予期せず、予想せず、期待してない出来事は、永遠に、絶対に起こらないんです。私たちの出産と育児は、常に人工的で計画的で打算のなか行うから、神様とかそういった奇跡の範《はん》疇《ちゅう》から存在の時点で外れてしまっているんです。これ、不公平も不公平じゃないですか」

「確かに」

クーさんは頷いた。深く、深く。「わたしたちは神の子ではない。神の慈悲の埒外《らちがい》にいる」それから、でも、といたずらっぽく彼女は唇の端を上げた。「それっていちばん、人間らしくないかしら」

「なんの話？」

ぬいっと知由里が背後から現れた。クーさんは、「神様の話」と答え、「でもこれは、理子さんにとったら誤魔化しよね」と、理子の肩に手を置いた。「もっと相談のできる、アドバイスを聞ける心構えになったら、またいらっしゃい」と、部屋の中へ戻っていった。

「なに話してたの？」

笑いながら、だけど瞳はまっすぐ、知由里は訊《き》いた。

「フライパン」

理子は言った。「また、私のフライパン、洗剤で洗ったでしょ」

「フライパン？」

「油の層がとれちゃうから、もうやめてよね」

「それと神様がなんの関係があるんだよ」

「鉄のフライパンを育てるのに奇跡は必要ない。地道な日々の努力が大切だってこと」

わかんねえなあと知由里は唸《うな》った。「そっちは？」と理子が訊くと、「親の理解があってよさそうだなって話」と、彼女は答えた。

「ミホさんとこの親は、まあ同性婚とか、そういうのにずっと反対してたみたいなんだけど、子どもが産まれるってわかったら、ころっと態度が変わったらしい。育児用品が毎週届いてるってさ。すげえな子ども」

「そんなもんなんだ」

「テンプレの『孫の顔が見たい』理論は、あながち古くさくもないいんだなあ」

だけど、パートナーのサチさんの方の親はいまいちな反応らしい。「結局、相手が子どもを産んで、自分は産まない。そういう現象が根本から理解できないんだろう」

「まあ、わからないでもないけど」

そう言ってから、理子は知由里の顔をちらりと見た。特に彼女の表情に変化はなく、「うちはもともと親なんていないみたいなもんだからな」と、自嘲気味に言っただけだった。

「そう考えると、やっぱり親の支援はあんまりアテにできないって感じで計画してかないと」

知由里はそう言い、理子は頷いた。潮風のような湿気《しけ》た風が吹き、二人の間を抜けていく。


〈ひよひよ〉は成長を続けた。グラスの向こうで。

筐体の大きさが変わるわけではもちろんないのだが、ARの映像は、日々の変化を事細かに描写していた。表情のレパートリー、手足をばたつかせる仕草、それから瞳。映像ながら、きらきらとする目で見つめられると、より存在感が増した。「昨日より重くなった気がする」と言った知由里の言葉はもちろんあり得ないが、そう感じてしまうぐらいには精巧だった。

一方で、〈ひよひよ〉は赤ん坊の行動としても妥協がなかった。夜泣きの対応を筆頭に、ミルクをあげたりオムツを替えたり、今までの二人の生活になかった行動が突然舞い込んできた。ミルクは人肌程度にあたためなければならないし、オムツにはちゃんと液体と固形物の糞尿もどきが排出された。大福の内部にはそういう便用のカートリッジがあるのだ。一定期間が過ぎたらお知らせが出て、「排尿便カートリッジ」の交換を要求される、ということも起こる。初めてその事象に出会ったとき、思わず理子は笑ってしまった。なにが悲しくて、人の大便製造器をつけ替えてあげなければならないのだ。

「勉強になるよ」

それらの行為を、知由里は嫌な顔ひとつせず行った。粉ミルクを煮沸《しゃふつ》消毒した哺乳瓶に入れお湯を注ぐ。その後にきちんと煮沸したお湯も入れて、氷水で人肌に冷ます。たぶんそんな作業をしなくともエラーは出ないだろうと思うのだが、「こういうのはちゃんとやらないと」と、知由里は言い張った。看護師の彼女は衛生面に関しては厳密で、そういう性格もあるのかもしれないが、理子には理解ができなかった。

理子が他の案件を抱えていたこともあったが、そうすると、〈ひよひよ〉の世話は自然と知由里が担うことになった。締切近くにどうしても仕事が終わらず、作業場でかかりきりになっている夜中、知由里が起き出す、ということもある。理子は仕事中はARグラスを外していたが、〈ひよひよ〉には振動機能が備わっており、それが低周波のように部屋全体に響くので、グラスをかけておらずとも、それとなく伝わってくるのだ。しばらくすると、知由里の歌が聞こえてくる。子守唄だ。でも、理子は聞いたことがない。ゆっくりと、掠《かす》れたようなその声は、知由里の声でありながら、そうではない誰か別の人のもののようだった。

「歌?」

一度だけ、理子はその歌のことを知由里に訊ねたことがある。彼女はそれを聞くと、顔を大きくしかめ、でも〈ひよひよ〉の顔をちらりと眺めると表情を緩め、「記憶って厄介」と口にした。

「うちの母親の」

そう知由里は短く言って、それだけだった。彼女と親の関係を知っていた理子も、それ以上は追求しなかった。

その夜、寝室から聞こえてきた知由里の歌を、理子は耳を澄ませて聞いた。ねんにゃこ、ねんにゃこ、泣けば小山の白コ来て嚙《か》じるんで、泣かなぁでねんねや……。それを聞きながら、理子は自分が雪のちらつくだだっぴろいのっぱらにいる気分になった。ねんにゃこ、ねんにゃこ……低く厚い雲が垂れこめる中、冷たい雪が頬に当たり、消える。もちろん、幻だ。幻。

ゆずのパウンドケーキを焼いた朝、知由里は「仕事変えたよ」と言った。キッチンで、種を捨てていた理子は聞き間違えたかと思い、「なに?」と訊き返すと、「やめたの、仕事」と、口をもぐもぐさせながら、端的に知由里は言った。テーブルのケーキは半分以上なくなっている。〈ひよひよ〉が来て、三か月以上が経っていた。

「やっぱり夜勤が辛くてさ」

どうして、と問う前に、知由里は続けた。近所にある介護施設の看護スタッフの募集に応じたのだという。「日勤もゆっくりめだし、けっこう勤務時間も融通利かせてくれるみたいだから」

コーヒーメーカーが豆を挽《ひ》き終え、部屋は途端に静かになった。全自動のそれは、こぽこぽ音を立てながら静かに抽出していく。普段は見るわけでもないその様子を、理子はとりあえず眺めることにした。ずいぶんゆっくりとした動作で、時間の流れをじれったく感じた。

「怒ってる?」

「いや」

理子はとりあえず否定し、「相談はしてほしかった」と答えた。

「でも、理子に相談したら、反対したでしょ?」

その質問に理子は黙った。抽出の終わったコーヒーをマグカップに注いだ。Cの柄には砂糖を入れず、Rの方はミルクを注ぐ。

「あの子のお世話は、ちょっと大変になるかもしれないけど。日勤増えるわけだから」

特に取り決めたわけではないが、夜勤明けの休日は、知由里が〈ひよひよ〉の相手をしていたので、週の半分は彼女が面倒を見ていた。それがなくなるとなると、日頃在宅勤務をしている理子が知由里の分も世話をするということになる。

「夜は私が見るからさ」

そういう問題ではない、と理子は口を開きかけ、閉じる。〈ひよひよ〉の取扱いについて、二人で詳しく話したことはない。なんとなく知由里が世話を始め、ずるずると理子もそれに釣られて続けた。「練習だよ」と知由里は事あるごとに言った。「だっていつかは、私たちも子どもをもつわけでしょ。これでできなきゃ、私たちには難しいってことなんだから」

「だけど」

理子は席に座った。「これって本番じゃないわけじゃん。なんていうの、お試しに、現実が振り回されるっていうのも、変かなって」

知由里が怒りだすかと理子は身構えたが、彼女は存外平静な顔をして、「そうだね」と呟いた。それから、「理子はさ」と、コーヒーに口をつけ、すぐにカップを戻した。

「うちらが子どもをもつのって、いつだと思う?」

「いつ?」

「そう、具体的に。何年後?」

わからない、というのが正直なところだったが、そう答えるわけにはいかず、「場合によるでしょ」と理子は言った。「精子提供のドナー探し、めっちゃ難しいじゃん。なかなかツテも見つけられないし……ほら、運とか流れみたいなものも関係あるでしょ」

「そうじゃなくて」知由里はかぶせるように言った。「そういうのも含めて、数字はあるのかって、こと」

理子はマグカップに目を落とした。カフェオレは淀《よど》み、汚らしく縁《ふち》が汚れている。

「私たちもう三〇代だよ。なんとなく今の感じだと、出産は私がするでしょ? 疾患とか体力のこととか考えると、やっぱり四〇になる前には産みたい。そしたらもう、逆算のラインに入ってるわけだよ。この歳までにお金をここまで貯めて、この歳までに理解のある病院見つけてってさ。理子はそこまで考えてる?」

考えてないでしょ、と続くかと思ったが、知由里はその先を足すことはなく、またマグカップに口をつけた。人差し指で、唇についた滓《おり》を拭《ぬぐ》う。

「だからこれはいい練習なんだよ」

知由里は言った。「子どもをもつかもたないかっていうことも含めてさ、本番みたいに。失敗ができる本番。だけど、本気で行う本番。どうせいつかは仕事のことも考えなきゃいけなかったわけだから、これも逆算だよね」

言葉が見つからず、理子は空になった知由里のマグカップをとり、流しに置いた。水を出す。不公平だ、と思う。普通の夫婦は、子どもをもとうとするときにここまで考えるのだろうか。考えるのかもしれない。でも、全員じゃない。私たちは、全員、ここまで、これ以上のことを考え、悩まなければならない。不公平だ。理子はスポンジに洗剤をつける。カウンター型のキッチンからは、知由里の顔が見える。その顔は出会ったころより相応に歳をとってきたし、ずっと同じでいるわけがないとわかっていたが、それでもその表情は、今まで見た彼女の顔のどれとも似ていなかった。皺の数でも、しみの大きさでもない、変化。不公平だ。世の中にいる大多数の夫と妻も、こんな会話をしているのかもしれない。ゆずケーキを焼いた朝や、虫の寝静まった夜半に。それでも理子は、そこに、均衡のとれていない居心地の悪さを感じる。

「水」

知由里が声をかけた。「出っぱなし」

蛇口を閉める。水は止まる。排水口へそれは流れる。止まらないものもある。


知由里が自分の家族の話をしたのは、彼女と初めて寝た日で、彼女が自分の家の話をしたのは、それが最初で最後だった。

「絵に描いたようなクソ親父」

男性を前にすると身構える、という話を知由里がしたとき、彼女はその理由について自分の父親を挙げた。「酒に暴力。お定まりすぎて、話す気にもならないんだよ」

「ひどいね」

枕を抱えて、理子は言った。知由里はうつぶせになって話をしていて、大柄な彼女の広い背中が、彼女が声を出すたびに、白く波打っているような感覚を覚える。

「でも、もっとひどかったのは母親の方だよ」知由里は吐き出すように言った。「冬は雪が多くてさ、そういう日は外に出られない。そんな日に親父の機嫌が悪くなると逃げ場がないんだ。自分の部屋はないし。でも、母親には部屋があるんだ。自分の部屋が。親父が酒を飲み始めると、母親は自分の部屋に引っ込む。でも、私には部屋がない。だから、なるべく玄関の近くの、台所のあたりにいて、そこで本を読んでる。だけど親父は来る。母親は来ない。親父の機嫌がなおって風呂にでも入ったときに、ようやく出てきて、それで、『ごめんね』って言うんだ。

傷があれば消毒してくれて、頭を撫でて。私は泣くんだ。悔しいからだ。でもそれを、あの母親は、自分のやさしさのせいだと勘違いし続けるんだ」

そのとき、理子にはかける言葉がなかった。自分の性的指向のために、もちろん理子自身も不快な目には何度も遭ってきた。でも、それは理子にとっては、自分の中で決着させることができる事象だった。知由里の話は剝き出しの暴力で、ずどんと理子の胸に一撃を放ち、動けなくなった。

「話してくれてありがとう」

ようやく理子は言葉を絞り出した。知由里が顔を枕に押しつけたままなにも言わないので、泣いているのかもとその肩に手を触れようとしたら、けたけたと彼女は笑っていた。

「あーごめんごめん」知由里は仰向けになった。大きな乳房がだらんとなる。「ちょっと、ていうかかなり話盛った。親父と母親がクソなのはそうなんだけど、そこまでじゃないわ。もしそんな感じだったら、殴られる前にこっちが殺してるよ」

理子はぽかんとした表情をしたあと、「ひどい」と知由里の頭を叩いた。ごめんごめん、と知由里は何度も謝る。

「なんかさ、女同士のセックスって、終わりがないじゃん?」知由里は理子の腕をつかまえ、背中に手を回して抱き寄せた。「男とはほら、射精したら終わり、っていうルールがあるけどさ。一般的には。もちろんイッたら終わりでもいいんだけど、そこらへん人によって違うっていうか……。だから私は、なんか物語を語りたくなるんだよね。終わりの合図に。ピロートーク的な？　嘘でもホントでも、語り始めたら続きはない、ってわかるからさ。おしまい、めでたしめでたし」

セックスについてあけっぴろげに話す知由里を理子は新鮮な目で眺めた。今まで付き合ってきた人間にはそういうタイプはいなかったからだ。

「てことは、物語を語らないときは、まだセックスが続いている」

「そうだね」

「散歩しているときも」

「料理しているときも」

「友達と電話してるときも」

「便秘でいきんでるときも」

理子は笑い、知由里も大きな口を開けた。そこはまだ知由里の部屋があったころで、狭い彼女のリビングに置かれたスプリングのベッドは、ぎしぎしとざらついた音を立てていた。そのリズミカルな音に乗る彼女の声はほんとうにすてきだと、理子は思った。

「でも嘘はやめてよ」理子は口を尖らせた。「心配するから」

「ごめん」

素直に知由里は頭を下げた。「今度からは、理子が好きって話しかしないようにするよ」

理子の胸にはいくつか引き出しがあって、辛いときや悲しいときにその記憶を引き出せるようになっているのだが、このエピソードもそのひとつだった。今、目の前では知由里が〈ひよひよ〉を抱いてあやしている。理子はグラスをかけていないので、赤ん坊の表情がどうかはわからないが、彼女の様子を見る限り、きっとご機嫌にきゃっきゃと声を上げているのだろう。鏡のようだと理子は思った。

あの母親は、自分のやさしさのせいだと勘違いし続けるんだ。

その姿を見ていると、理子は、あの話が、本当だったのではないかと感じてしまう。自分の知らない彼女の顔に、なにか、別の顔を見出しそうになる。

成果物を送ると、「お疲れさまでした」から始まる、無味乾燥なメールが植松氏から返ってきた。送ってもらった〈ひよひよ〉の処理についても訊いていたのだが、「差し上げます」という端的な返事しか書かれていなかった。

〈ひよひよ〉の世話は大変になる一方だった。

離乳食が始まると、排便の回数は多くなり、量も増えた。無論、〈ひよひよ〉が実際に食べるわけではない。ブレンダーで柔らかくしたかぼちゃやごはんをスプーンで口元にもっていくと、グラスの向こうの赤ん坊は食べる仕草をする。現実の食べ物が減るわけではないので、赤ん坊の反応を見ながら満腹かどうか判断する必要がある。それだけではなく、〈ひよひよ〉にはどうやら固有の嗜好《しこう》が存在し、食べ物によってはまったく受けつけないこともあった。にんじんがそうで、いくつかの野菜を混ぜて与えたときにどうしても食べず、あれこれ試行錯誤した末にようやく判明した。

「私そっくり」

それを知ったとき、知由里はそう微笑んだ。確かに知由里はにんじんを忌《い》み嫌っていたが、理子は頷くことはせず、ただ黙々と玉ねぎを細かくしていた。

「排尿便カートリッジ」の十分な予備も送られてきており、空になると交換するまでエラーが出続けるため、そのままにもできなかった。だが、それよりも理子を苦しめたのは泣くことだった。夜だけでなく、昼も〈ひよひよ〉はよく泣いた。たっぷりミルクを飲ませても、そのあとげっぷをさせても（そんなアクションもついているのだ）、昼寝をよくしたあとでも、突然〈ひよひよ〉は泣き出した。あやしたり歌を歌ったり、YouTubeの「赤ちゃんの泣き止む動画」を見せたり、あらゆることをしても、泣くことが収まらないときがあった。

「癇《かん》の強い子だね」と知由里はしみじみとした顔を見せたが、危うく理子は「不良品なのではないか」と言い出すところだった。少しずつ仕事が遅れ始め、納期を延ばしてもらうこともあった。

小さな仕事だったが、ひとつデザインを落としてしまい、契約が白紙になった夜、帰ってきた知由里が、「ここ」と、〈ひよひよ〉を抱えながら理子に見せた。「ほら、服のつなぎ。この紐《ひも》もしっかり結ばないと、肌が見えて寒くなっちゃうんだよ」

理子は飲んでいた缶ビールをテーブルに置いた。静かに置いたつもりだったが、それはかなり不快な金属音を立て、びくりと知由里は肩を震わせた。

「なに？」

「別に」理子は残りを飲み干した。「なんにも」

「んなわけないじゃん」

知由里は〈ひよひよ〉を抱えながら言った。「なんかあるなら言ってよ」

そのとき、理子はARグラスをかけていた。知由里の胸の中で、すやすやと〈ひよひよ〉は寝息を立てていた。いや、立てているように見えた。幻、という言葉が頭に浮かび、消えた。幻のくせに、どうして自分の前では泣き叫び、知由里の前ではそんな寝顔を見せるのだ。

「もうさ」理子は缶を握りしめ、それはぺきぺきと腑《ふぬ》抜けた音を発した。「ちょっと疲れたんだよ。仕事もうまくいかないし」

「夜は私が見てるじゃん」

知由里は〈ひよひよ〉を抱き直した。「昼間は申し訳ないと思うけど、家事だって、かなり私がやってるし」

確かに、洗濯や掃除は、知由里が行うようになった。毎日ではなく、週に何回かまとめて、という風だったが、理子が相談する前に、知由里は少しずつ自分の生活ペースにあわせて行った。でも、と理子は思った。シャツの畳み方は私と違うし、襖《ふすま》の溝に埃《ほこり》はたまっているし、自分のお気に入りのワンピースは洗濯機に入れないでほしかった。今日の料理も知由里がつくった豚のソテーだったが、彼女が使ったのは鉄ではなく、テフロンのフライパンだった。

「味が違うの」

いつのまにか、理子はそう口にしていた。「味?」と知由里は返し、料理のことだと思ったのか、「そりゃ私は理子ほどつくるのうまいわけじゃないからさ」と、低い声を出した。そうじゃない、と理子は言い、でも、なにが違うのか、自分でもよくわからなかった。

しばらく沈黙が続いた。あらかた食べ終わっていた理子は、手持無沙汰に麦茶を何杯も飲んだ。コップに注ぐ、ととと、という音がリビングに響き、ふにゃっという〈ひよひよ〉の声がし、それをすぐにあやす知由里の言葉が耳のあたりで揺らめき、船酔いしたような、頭がぐらんぐらんする気分になった。私はいま、どこにいるんだ、と理子は思った。そこにはしかとした地面があったはずなのに、そして、地面は今でもここにあるのに、自分の足がそれを、うまく踏みしめられないでいた。

「ごめん」

麦茶のボトルが空になったころ、知由里が理子の隣に座った。〈ひよひよ〉は起きて目をぱっちりと開けており、そのためなのか、彼女の声はさっきよりもっと小さかった。「こんなことに巻きこんでるのは私が悪い。私はただ、理子との未来を考えて、いい未来になればと思ってやってきたつもりだったけど、すごい負担だよな」

知由里の殊勝な言葉に、理子は言葉が出なくなる。

「どうせ機械なんだからさ、理子は手を抜いていいよ」知由里は続けた。「最低限だけしてもらって、あとは帰ってから私がやるし。仕事が立て込んでるときは遠慮しないで言ってくれよ。在宅だからって、世話を押しつけて悪かった」

いいよもう、と理子は言った。涙が出そうになるのを堪《こら》える。

「ホント子育てって大変だな」

知由里が理子の背中を叩いた。あーあーと〈ひよひよ〉が声を上げ、お前もそう思うかぁ、と知由里は笑った。理子も笑ったが、「練習しといてよかった」という彼女の言葉には、すうっと、部屋の隅の方へと、視線を逸らした。


〈集い〉の次の回に、〈ひよひよ〉を連れていきたいと再び知由里が言い出すのは、予想はできたが、止める手段が思いつかなかった。既に植松氏との業務上の関係は納品と共に断たれ、〈ひよひよ〉自体も明確に所有権がこちらに移った以上、「発売前の製品で……」という理子の主張は弱々しくなった。

「どうして理子はそんなに連れていきたくないの?」

呆れるような声を知由里は出した。知由里の言い分としては、この〈ひよひよ〉を見せたいというより、数時間でも家に放置するということに耐えられない、ということだった。「あれと一緒じゃん、パチンコの駐車場」

「うちはパチンコ屋じゃない」

理子が知由里の言葉尻を捕らえると、「そういう話してない」と、ぴしゃりと知由里は答え、「じゃあひとりで行くよ」と続けた。

黙りこんだ知由里を見ながら、どうして自分はこの〈ひよひよ〉を連れていきたくないのだろう、と考え、恥ずかしさ、という言葉が浮かび、なぜ自身の感情にそれが浮かぶのかと理子は疑《うたぐ》った。それは、いい歳をした大人が人形を連れていくという行為に対するものなのだろうか。半分はそうであろうと考えたが、もう片方は違うという予感がした。昔読んだ古い本の中に、列車の中で人形に食べさせる老夫婦、という話があったなと理子は思い出し、彼女たちにそんな感情はなかっただろう、それならばこの恥の感覚をもつ自分が弱く劣っているのだろうかと考えた。

「ほんとにひとりで行くよ?」

こういうときの知由里はかわいらしい、と理子は思う。子どもが駄々をこねるように、欲しいおもちゃを買ってもらうために我儘《わがまま》を言うように、こちらの出方を窺《うかが》う物の言い方をする。理子はため息をつき、行くよ一緒に、と答える。ぱっと顔をほころばせかけた知由里は、慌てて「別にいいのに」とそっぽを向いた。

次の〈集い〉は、秋のにおいを感じさせる日だった。

庭のもみじはまだ紅葉には遠かったが、柿の実がいくつか生《な》っていた。クーさんはそのいくつかを庭先に吊るし、干し柿をつくっていると言った。

「日本に生まれてよかったことなんてほとんどないけど、柿が食べられることだけはありがたいわぁ」クーさんは干し柿の話をしたとき、そう言って私たちを笑わせた。

総じて〈ひよひよ〉は、参加者の興味を多分に惹《ひ》き、「ちょっとわたしにも貸してよ」という声がそこかしこで上がった。

「なんだろう、リアルじゃないのにリアル? リアルじゃないからリアル?」

いちばん関心をもっていたのは、妊娠中のミホさんだった。抱っこをしたりあやしたりしながら、隅々まで観察していた。理子はなるほどな、と思った。実際のところ、〈ひよひよ〉の映像表現自体は、他の企業の製品と比べればずいぶんと拙《つたな》い。飲む仕草は、角度にかかわらず一定方向にしか口を向けないし、視線の動きもカクつくときがある。ずっと一緒にいるとわかるが、身体の動き自体も同じことの繰り返しだ。だが、その技術の陥穽《かんせい》のような部分に、どうしてだか味がある。無意識のうちに、その欠点を頭の中で補い、自分自身を納得させていく。そんな感覚があった。

「子育て自体もそうだけど、パートナーとの相性も大事なんだよ」

知由里はベビーカーに乗せた〈ひよひよ〉を見つめながら、他の参加者に話した。「生活体験は妥協なしの行動をとらされるから、一種のシミュレーションだよね。ほら、結婚したら、こんな人じゃなかったのに、みたいなことあるじゃん。あれって結局、シミュレーション不足みたいなもんだからさ」

「それってすごい大変そう」

安定期に入ったミホさんがうめき声を上げた。「あたしがんばれるかな」

「うちは理子がいるからねー」

知由里は理子の肩を抱いた。「ほんと、この子と一緒になってよかったよ」

理子は、知由里の言葉に小さく唇の端っこを上げる。

「あら、うちのサチだって負けてないよ」ミホさんは笑いながら言う。「自分の職場にもちゃんと伝えてシフト組んでもらってるし、書類関係はもうぜんぶやってくれるんだから。産まれてからもちょー安心」

「お、のろけ対決するか?」

知由里は腕まくりをする仕草を見せ、ミホさんは、負けないよ、とそれに笑顔で答えた。理子は目を細めて二人の様子を眺めていた。なんだかここは生ぬるいな、と思った。風が南から吹いているのだ。

人の輪から抜けて、前回と同じように庭のベンチに座ると、クーさんが来た。お疲れ様、とレモネードを渡した。よく冷えている。

「理子さんが悩んでたのはあれね」

理子がコップに口をつける様子を見ながら、クーさんは言った。そうです、とは答えず、理子はぐいとレモネードを飲んだ。唇から顎を伝って液体が垂れ、理子の服にシミのような痕《あと》をつける。クーさんはその水滴の軌跡を眺めるように、理子のことを見ていた。

「あの機械人形がもし広まったら、子どもをもつ人は増えるのかしら、減るのかしら」

クーさんの言葉に、理子は「減るんじゃないんですかね」と答えた。クーさんは笑い声を上げ、「それがあなたの答えよ」と短く言って立ち上がった。「たぶん、知由里さんは別の答え方をするんじゃないかしら」

「増えるって答えるってことですか?」

「ううん、そうじゃなくて」

理子はクーさんがその話の続きをするのかと思ったが、彼女は「まあでもいい練習にはなりますよ」と、別の話題で繋いだ。「わたしから言えることは、二人ともよく話しなさいってこと。物語を語るみたいに」

「物語を語るみたいに」

「子どもをもつのは、自分に存在しない物語をもつことだから」

クーさんは別の人に呼ばれ、ベンチから去った。彼女には子どもはいなかったはずだと、理子は思った。子どもをもちたかったが、もてなかったから、この会を立ち上げたのだと、はじめのころに聞いた。でも、クーさんの言葉には輪郭があり、重さがあった。彼女の人生には、私たちの知らないカーテンの向こう側のようなお話があるのだろうと、理子は思った。それから、いま自分がいるこの場所は、カーテンのどちら側なのか、とも考えた。カーテンは揺れている。カーテンのどちらかに、知由里がいる。

〈ひよひよ〉の筐体には水平方向への移動機能はないが、垂直に自立する機能はついていて、「おすわり」の動作はできた。初めてその様子を見たのは休みだった知由里で、出先の理子に「おすわりしたよ!」と、写真を送ってきた。よほど慌てていたのか、グラスを通していないその画像は、ただ大福がバランス悪く積まれているだけで、愛嬌のようなものすら感じられなかった。

前日まで、ずりばいのような動作は見せていた。うつぶせになり、腕の部分が駆動し、ＡＲ

グラス越しにばたばたと手足が動いた。

「ハイハイしそう」と知由里は言って、何枚かスマホで写真を撮っていた。いやいやそんな動きしないし、と理子は言ったが、「ほら、奇跡ってあるじゃん?」と知由里は、冗談とも本気ともつかない答え方をした。

二通目は動画で、今度はグラス越しに撮影をしていた。腕立て伏せのような体勢から、足をもぞもぞと動かしながら、お尻をぺたんとつける様子が、二分ぐらいの長尺で撮られていた。「かわいい」というパンダのスタンプも添えられていた。そういうスタンプを知由里が買っていたことに、理子は驚いた。どちらかというと、そういう表現を嫌うタイプだと思っていた。

「お子さんですか?」

反射的にスマホのカバーを閉じると、「すみません」と打ち合わせ相手の男が言った。理子は、この会社のコンペ用パンフレットのデザイン一式を任されていた。「つい目に入ってしまって。うちにも同じくらいの子がいるんですよ」

「そうなんですか?」

理子は思わず訊いた。「お仕事との両立、たいへんじゃないですか」

「まあ、そうっちゃそうですけど」営業の男ははにかむように答えた。「だけど、仕事から帰って、うちの子の寝顔見ると、もうそれだけで明日もがんばれる、みたいな。そういうとこ、ありません?」

それはお前がなあんにも世話してねえからだろうがそりゃ寝かせたあとは天使みたいだろう

けどそこに至るまでの道のりの地獄具合を知っててそういう発言できんのかお前は、と理子は思い、もちろん口には出さず、昨日夜通しつくった資料に目を落とした。昼間は〈ひよひよ〉の相手で作業が思うように進まず、結局、知由里が帰ってきた夜に終わらせたのだ。あなたは育児のなにをしてるんですか、と訊ねたくなり、せいぜい休日にあやして終わりだろと毒づき、でも、自分だってどれぐらいしているのかと、いや、私はがんばっていると、自分に言い訳をしていた。私はがんばっている。それなりに。

「手を抜いていい」と知由里に言われてから理子は、言葉通り、今までよりも手を抜いた。泣き声が聞こえ始めたらARグラスを外し、ノイズキャンセリングのイヤホンをつけ、エラーメッセージの出るぎりぎりまで待った。所詮は機械なので、信号に対する許容範囲が決まっていることに理子は気づいていた。離乳食は毎回同じ食べ物をあげていても、そこまで精査する機能はついていなかったので、理子はレトルトのかぼちゃペーストを毎度あげることにしていた。一番解凍に時間がかからなかったからだ。それでも、理子にとってそれは「がんばってる」だった。そう思いたかった。なぜって、今までの自分の生活になかった行動を、プラスアルファで強《し》いられているからだ。しかもそれは自分が強く望んでいることではなかった。望んでいない？　理子は心の中に沸き起こるその言葉に困惑した。子どもは欲しい。それはずっと思ってきた。でもそれはこんな形じゃない。こんなニセモノによる、生活の蹂躙《じゅうりん》ではない。ニセモノ。これはニセモノなのか？　本物の赤ん坊であれば、私のこの気持ちは生まれてこなかったのだろうか？　この感情は、紛《まが》い物なのか？

「ほんと、母親は偉大ですよね」

男はそう口にした。おそらく、黙りこくった理子に戸惑った彼が、場の空気を和《なご》ませようと放った言葉だろうが、彼女はそう口にした男の顔を五秒ほど見つめた。そして、彼の目の当惑の色が濃くなる前に、「それでは」と、資料の説明を始めた。


人と人、事象と事象の関係は、波のようだと理子は考えている。誰かにとっては糸のようなつながりをもつそれを、彼女は不定形の水の高低と広がりによって捉えている。いま、彼女は浜辺にいる。波は引き、水底が遠くの方まで見えている。

きっかけは些細なことだった。

「ほんと申し訳ないんだけど」

知由里が言った。「今週からすごく仕事が忙しくて、少し早く出なきゃいけないんだ」

今日は知由里がつくったカレー。先週もカレーだった。皿にルーを残さないようにしながら、理子はごはんをすくい、口に運ぶ。それで、と言うかわりに、知由里を見る。彼女は既に食べ終わり、〈ひよひよ〉にミルクをあげている。

「だから、ちょっと夜、面倒見てくれる日があってくれてもいいかなって」

理子はらっきょうを噛んだ。ずいぶん前に自分が漬けたもので、これが最後だった。手応えと味を口の中でかき混ぜる。

「いいよ」

そう理子は答えた。知由里はまだ理子を見ている。

「なに？」知由里は言った。「なんかあるなら言って」

「ないよ」

理子は麦茶を飲んだ。嘘、と知由里は食い下がった。

「なんか言いたいことがあるだろ」

「顔にでも書いてある？」

理子の軽口を知由里は無視して、「悪いとは思ってる」と続けた。「たかが機械の人形の世話に、理子にとったらバカバカしいよな」

「そんなことは思ってない」

そう言いながら、その文章の空々しい味わいに理子は気づいている。

「じゃあなに」

しばらく理子は黙ったあと、フライパン、と口にした。拍子抜けしたように、知由里は「フライパン？」と繰り返す。

「どうして私のフライパン、洗剤で洗うの？　前も言ったじゃん」

「基本的には私は理子のやつ使ってないよ」知由里は口を尖らせた。「だけど」

「だけど？」

「理子は鉄のやつ、絶対洗剤使わないよな」

「そうだよ、油膜が剝げるから。大事に育ててるんだよ」

「それって衛生的にどうなの?」

思ってもみなかった方向で、理子は言葉に窮した。

「熱を加えるからいいとは思うけど、やっぱり心配じゃん」

なにいまさら、と理子は呟き、視線を逸らした。その先には、理子のARグラスが畳んで置いてある。なにをいまさら。私たち、そうやってやってきたじゃん。

その夜はそこで話が途切れた。わざとらしい「ねんねしましょーねー」という知由里の声が寝室から聞こえ、それきりになる。

翌日、理子にあいさつのないまま、朝早く知由里は仕事に出かけた。「朝ごはんはあげてます。世話はいつも通りお願いします」というメモだけがテーブルに残され、〈ひよひよ〉は充電器のベッドですやすやと眠っていた。理子は大きく息を吐いた。胸の中が空っぽになるまで、自分の中の淀みが消えるまで。

理子は波打ち際にいる。

そういう夜の次の朝だったから、〈ひよひよ〉への対応が雑になるのは仕方がない、と理子は思ったし、「仕方がない」と言い聞かせた。粉ミルクは切れていて、ストックはキッチンの上の棚にある。奥から折りたたみ椅子を取り出して、のぼり、棚の扉を開けて、いくつかの離乳食の予備をおろし、そのまた奥から缶を出す。ひとつひとつの工程を理子は想像し、おそらく一分にも満たないだろうその行為に実行する前から飽いた。

理子は水道水を、そのまま哺乳瓶に入れた。〈ひよひよ〉を抱く。〈ひよひよ〉は目が覚めていて、珍しくご機嫌な表情をしていた。理子は哺乳瓶を〈ひよひよ〉の口元に近づける。ARグラス越しに、〈ひよひよ〉は口を開ける。そして、見守る理子の前で、ごくごくと飲み始めた。満腹の表情になり、背中を叩くとげっぷもした。そのあとは、すやすやと寝息を立て、ベッドに降ろしても起きなかった。

当然と言えば当然だった。飲み物や食べ物の種類を判別できるほど精緻な機械ではない。それでも、その可能性に気づきながら理子が実行をしなかったのは、たとえ人形といえども、どこか境界を踏み越えるような感触を覚えたからだろうか。それは人間として当然なのだろうか。それとも、似たものに親しみを覚える、もう少し古い古い感情からきているのだろうか。

「これは機械だ」

理子は言った。

「これは人形だ」

理子は続けた。

その日から、理子は〈ひよひよ〉の閾値《いきち》を探した。沐浴《もくよく》をさせるときは、今までは小さなゴム製の風呂桶に、お湯の温度を測りながら、やさしく抱えて入れていたが、洗面台に直接お湯をため、そこに筐体をつっこんだ。顔の表面が水につかなければ、エラーを吐き出すことはなさそうで、〈ひよひよ〉の大きな大福の下に、百均で買った小さなプラスチックのかごを入れると、高さがちょうどよくなった。食べ物は、スプーンを何度も近づける必要があったが、発想を変えた。電動のリクライニングチェアに座らせ、食べ物を載せたスプーンをテーブルの上に固定し、背もたれをリモコンで動かすことで〈ひよひよ〉の方から食べ物に近づく、という状態にした。「にんじん」についても、どうやら単にオレンジの色味で判断していたようで、試しに真っ黒焦げのものを与えたらよく食べた。げっぷについては、飲ませたあとにクッション型のマッサージ機を当てると勝手に吐き出した。泣き止まないときは、ゆらゆらと歩きながら抱っこすることが有効だったが、縄とびを二本使って〈ひよひよ〉を縛り、布団用の物干し竿にぶらさげると、ちょうどよいリズムになるようで、しばらく泣いたあとに眠りについた。

理子はそれらの作業の最中、ときどきARグラスで覗きながら〈ひよひよ〉の表情を見て、いつもと変わらないことを確認した。それは、ゲームやアプリのバグを探す行為に似ている、と理子は思った。どこまでが許されて、どこまでが認識されて、どこまでが相手にわからないのか。日中、ほとんど理子は〈ひよひよ〉を見なかったし、ARグラスをかけることもなかった。ときどき、低周波の振動が部屋中に響き、そういうときは、スピーカーでアップテンポな洋楽をかけることにした。ボンジョヴィ、レッチリ、アヴリルラヴィーン。

ときどき、このまま放っておいたらどうなるのだろうか、と考えることはあった。バッテリー切れについては記載（「万一の場合も、短期メモリに今までの状態が記憶されております」）があるものの、「死」という機能には、説明書でもパンフレットでも言及されていなかった。もしかすると、この〈ひよひよ〉は、永久にエラーを出し続けるだけで、死ぬことはないのではないか、と理子は疑った。それは。彼女は思う。それはずいぶんと、無邪気な存在だ。

もちろん、そんな日は長く続かなかった。

布団干しに〈ひよひよ〉を吊るしたところで、玄関のドアが開く音がした。知由里が立っていた。理子はぼやっと彼女の姿を見て、具合でも悪いのだろうかと考えた。帰る時間にはあまりにも早すぎるからだ。

「こんなことだろうと思った」

知由里は三歩ほど部屋に踏み込み、言った。「ひどい」

知由里は、早退《はやび》けをしたと続けた。「最近、粉ミルクが全然減ってないし、体の汚れも目立つんだよ。理子がきっとなんかしてると思ったんだけど、まさか、こんな」

彼女の目は、布団干しに吊るされた〈ひよひよ〉を捉えていた。その前に立っていた理子を突き飛ばすようにして〈ひよひよ〉に歩み寄ると、縄をちぎる勢いで外した。

「こわかった、こわかったね」

知由里はグラスをつけていなかったが、表情がわかるように、感情が伝わっているかのように、そう声をかけ続けた。理子は「機械だよ」と、彼女の背中に声をかけた。「これは機械だよ、ただの。それなのに、どうして私たちが苦しまなきゃいけない」

「私たち?」知由里は、はっと笑った。「理子だけでしょ、それは」

それに、と彼女は背を向けたまま、体を揺らした。「いくら機械でも、人形でも、こんな仕打ち、できるわけないよ。理子には、愛情とか、そういうの、ないの? 人間がもってるような」

ある、と理子は言いたかったし、きっと自分はそれをずっと感じてきた、と思った。お前より、理子は思った。お前より、愛情を感じて、愛情を注いで、お前にも、愛をもって、生きてきた。

「知由里は」でも、出てきたのは別の言葉だった。「復讐したいだけでしょ。自分の母親に」

波。

彼女はそれを感じた。音はしない。すうっと、気づいたら足首まであった海水が、自分から離れて、遠く見える沖にまで引いている。足元は寒々しい。生き物もいない。さらさらとした砂が、やわらかく指にまとわりつき、離れないでいる。

「そう」

それから知由里は一言も口を利かなかった。寝室に籠《こも》り、翌朝、ソファで目覚めたときには、〈ひよひよ〉といくつかの荷物と一緒に姿を消していた。そして、戻ってこなかった。

植松氏が亡くなった、という報《しら》せが届いた日は、雪がちらついていた。

はがきに、彼が亡くなったことと、「通夜は近親者のみで行い」「葬儀にご列席」をお願いすることが書かれていた。はがきにある都内の住所をネットで検索すると、一軒家が出てきて、いぶかしみながら理子が当日訪れると、それはやはりただの一軒家だった。格別大きくもないその青い瓦屋根の家の表札には、「植松」とあり、ああ本当にそうなんだ、と理子は当たり前のことを、当たり前ではないように思った。いわゆる家族葬ということなのだろうが、ならばなぜ親しくもない自分にはがきが届いたのか、理子にはよくわからなかった。

襖をとりはらった畳のふた部屋は続き間となり、家の外観には似合わないほど大きな広間が出現していた。理子が訪れたときには、僧侶の読経《どきょう》が始まっており、ぽつぽつと参列者が座布団に座ってうつむいていた。みな、あまりにも微動だにしないので、理子は肩に触れてみたくなった。人形かと思ったのだ。奥の方に祭壇と棺があり、遺影が飾られていた。微笑みと怒りの中間のような顔をした植松氏は、理子の思い描いていた大型犬とは似ても似つかぬ表情だった。

祭壇の横に女性が二人座っていた。どちらかが植松氏の奥さんなのだろう。二人とも羽二重《はぶたえ》の黒無地で、千鳥の紋が白く染め抜かれていた。二人の顔はよく似ており、姉妹なのかもしれない、と理子は思った。左側は眼鏡をかけ、じっと前を見ており、右側は、たえず左側の耳元になにかを囁《ささや》きかけていた。左側は律儀《りちぎ》に右側の言葉に小さく、小さく頷いている。

焼香の順番で、彼女たちと目が合った。眼鏡の方は頭を微かに下げ、おしゃべりな方は「あら」と声を上げた。大きくはなかったが、場違いな響きだった。女性は気にする様子もなく、「〈ひよひよ〉の?」と続けた。理子は戸惑ったが、「ええ」と頷いた。

「パンフレット、夫も喜んでましたよ。わたしもうれしかった。ありがとうございます」

理子は目で礼をし、焼香を済ませた。そっちが妻だったのか、と意外な気がした。また話しかけてきそうな気配があったので、「ちょっと」と、トイレに行くふりをして廊下へ出た。古いつくりの家で、板張りの床はぎしぎしとぎこちない音を立てた。灰色の電話機が置いてある棚があり、水仙《すいせん》が一輪活《い》けてあった。瑞々《みずみず》しい色をしていて、今朝活けたのだろうか、と理子は思った。家には庭がありそうで、そこで咲いていたものかもしれない。葬儀の日の早朝、陽も昇りきらず粉雪が舞う中、はさみを片手にしゃがみこむ女性を理子は思い浮かべた。その背中はずいぶんとまるい。

長い廊下だった。あてもなく突き当《あた》りまで行くと、そこには絵がかかっていた。白黒の簡素な作品で、うさぎだ、と理子ははじめ判断したが、よく見ると、うさぎの長い耳だと思った部分を嘴《くちばし》に見立てれば、あひるとも考えられた。しばらく彼女は首を倒したり、見る位置を近くしたり遠くしたりして、それがどちらであるかを考えた。それはどちらでもあり、どちらでもなかった。

部屋に戻ると、出棺が伝えられた。ずいぶんと早い気がしたし、葬儀の順番もこんなものだったか理子にはよくわからなかったが、みな、厳《おごそ》かな顔をして出発の準備をしていた。花が棺に入れられ、理子はそれを遠くから眺めた。

黒塗りのセダンタイプの霊柩車は、クラクションを鳴らして去って行った。火葬場へと向かうタクシーが何台か来て、理子は、祭壇の横にいた眼鏡をかけていた女性と同乗することになった。

「先ほどは姉が失礼を」

車が動き出すと、眼鏡の女性は言った。いえ、と理子は短く、返事ともいえない返事をした。なにか話が続くのかと思ったが、それきり女性は前を向いて、背すじをぴんと伸ばしているだけだった。理子はなにか言った方がよいだろうかと、「今日はお子さんは?」と訊ねた。

「お子さん?」

眉をひそめる女性に、理子は、「植松さんから生前、子どもがいらっしゃると聞いたので」

「姉夫婦に子どもはいませんよ」

理子の言葉にかぶせるように女性は言った。理子は「聞いたので」の「で」の口のままかたまり、そこからぬるい息を吐いた。口を閉じる。女性はまだ背すじが伸びている。

「まったくいなかったわけではありません」

彼女は続けた。あらゆる感情を地面に埋めたような声だった。「姉が初めて産んだ子どもは、ずいぶん早くに死にましたから。最初の誕生日を迎えるよりも前に」

お客さん、と、割り込むように運転手が声をかけた。斎場の方、入口につければいいの?それとも火葬場の方に直接? 無遠慮ともいえるような運転手の声だったが、理子はその話の合間に大きくため息をついた。入口で、と女性は答えると、話などしていなかったように、澄ました顔をそむけ、窓の外を見始めた。理子は、最初の誕生日を迎えられなかった赤ん坊の姿と形を想像しようとして、やめた。それはあまりに精緻に描けてしまいそうだったから。

火葬場に着いてからも、中には入らず、植松氏の骨が燃え尽きる前に、家に帰った。その棺の中ではなにが燃え消えて、なにが灰とともに残ったのだろう。理子は考えた。もし知由里なら、大きな骨が残りそうだ。私はそれをこの先ずっと大事に抱えて生きていくんだ、と彼女は思い、それは今の状況となにか違いがあるのかと考え、その差異がわからないまま、細かな灰が、自分の胸の底にたまっていくのを感じた。

だからそれは偶然であったのだろう。それ以上の意味もないし、価値もない。

また近いうちに夏がめぐってくることを予感させる風が吹く日だった。爽やかで、熱を孕《はら》み、青々としていた。駅前だった。理子は商談を終え、帰路に就《つ》いていた。大きな額ではないが、定期的な収入が見込める依頼で、気分がよかった彼女は、スーパーで今日食べる牛肉の品定めをしていた。

「理子」

懐かしい声はすぐにわかるはずだったのに、最初、気づかないふりをしたのは、想像以上に自分が負い目を感じていたからなのだろう、と理子は思った。でもそれはあとあと思い出したときにそのように定義づけたものであり、その瞬間の彼女は、ただただ肉のグラム数と産地を読むことに集中しようとしていた。５２４グラム、岩手県産、７８４グラム、長野県産。なるべく脂が少ないやつ。

「理子」

再び声がして、ようやく彼女は振り返った。知由里がいた。記憶の中の彼女よりも少し痩せていたが、相変わらず体は大きく、狭いスーパーの通路に存在感があった。

「髪」

理子が最初に発した言葉はそれで、「ああ」と知由里は自身の頭に手を触れ、「それが久しぶりの言葉かよ」とにっとしてみせた。知由里の髪はまっすぐさらさらとしていて、肩あたりの毛先が名残りのようにくるんと上向きになっているだけだった。

「縮毛矯正したんだよ」知由里は表情を崩したまま言った。「やっぱ、天パは蒸れるし手入れが大変だからさ、思い切って」

そうなんだ、と理子は言った。もちろん、注目すべきところはまだあった。大きな幌《ほろ》のついたベビーカーや、ダボっとした紺色の知由里のワンピースとか、散々見慣れたあのARグラスをまだ彼女がつけていることとか、他にも指摘すべき箇所はあった。でも、そのどれもが質問した途端に、なにかがからがらと崩れ落ちそうで、崩れ落ちそうというからには自分はまだ知由里との絆のかけらを後生大事にとっておいているのかと恥ずかしくなり、理子はやっぱり黙っていた。

「よかったらちょっとお茶でもしようよ」

知由里がそう提案したのは、理子のそんな内心を見透かされていたかのようで、彼女は断る言葉を失い、牛肉を諦め、最低限のものを買うと、一緒にレジに並んだ。知由里はかごいっぱいに食料品を買っており、あさりやレバーやサプリメントがどんどん袋に詰められていく様子を理子は眺めた。

「別に近くに住んでるわけじゃないんだよ」

ドトールで知由里はアイスココアを注文した。窓際の席の日差しは、遮光カーテン越しに、彼女の顔を明るく照らしていた。「仕事の現場がこの近くでさ。車おろしてもらって、そういえば、と思ってスーパーに寄ったんだ。今住んでるところのスーパーは品揃え悪くて」

それはもしかすると知由里にとっては言い訳だったのかもしれないが、額面通りに理子は受けとった。それよりも、ベビーカーで眠る物体に興味があったからだ。視線に気づいたのか、知由里はそれを抱き上げた。

「大きくなったんだよ」

理子の目には大福が映った。大きな大福と中くらいの大福が、微かなモーター音を立てて姿勢を保持しようとしている。ひよひよ、という理子の呟きに、うん、ひよちゃん、と知由里は答えた。そして、「ほら」と、かけていたARグラスを理子に渡した。理子が恐る恐るそれをかけると、大福は人間の顔になり、知由里の胸の中で満足そうに瞳を閉じて、微かに笑みを浮かべている。それはあまりにも見慣れた光景で、なにもかもあのころと変わらないように見えた。

「あのときはごめん」

知由里は言った。〈ひよひよ〉を抱えたまま、窓の外を見た。「私も必死だった。理子の気持ちを考えられなかった。でも、もう大丈夫だから」

大丈夫。

なにが？　と理子は問い返した、と思った。でも、それは言葉になってはおらず、ドトールの店内には聞いたことのある題名の思い出せないクラシックが流れ、それだけだった。

しばらく二人は黙った。理子は二人で暮らした日々を思い浮かべていた。こういう日がいくつもあった。お互いに、なにも語らず、ただただ二人で過ごす時間。あの鉄のフライパンで目玉焼きを二つ、ウインナーも一緒に焼いて、ベランダで育てているリーフレタスを添える。おいしそう、と短く知由里は言うだけで、黙々と、でも本当においしそうに自分の料理を食べてくれる。同じ朝を自分は共有していると思っていた。同じ光を自分は見ているのだと思っていた。今まで。すべての風景は遠ざかり、後景として淡く水彩画のように濁っていた。

「暑いね」

知由里は言った。冷房が効きすぎていると感じていた理子は、「そう?」と答えた。なんの意味もない言葉が、二人の間をゆらゆらとめぐっている。「暑いとさ」知由里は続ける。「妹のことを思い出す」

「妹?」

理子は初めて知由里からきょうだいの話を聞いたので、驚いた声を上げた。

「家に冷房がなかったから、暑い夏の日は、二人で外に出た。まだ妹は小さかったから、私がおぶってあげて、近くの神社の屋根の下で、ぼーっとして過ごした。蟬《せみ》がわんわん鳴いてて、雨みたいで、でも静かだと思った。私はそこが嫌いじゃなかった。妹も私の背中ですやすや眠って、この世界に二人きりみたいだって、そんなこと考えてた」

知由里は言葉を切った。理子は自分が息を止めていたことに気づき、口を小さく開けて、呼吸を整えた。

「ある日、母親が、妹を家に残してくれないかと言った。自分の部屋から、顔を半分だけ覗かせて。髪がだらりと下がってて、表情はよくわからなかった。家には父親もいて、嫌だな、と思ったし、なにも答えなかったら、少し彼女は強い声を出して、お母さんを助けるためにお願い、って続けた。助けたいなんて感じたわけじゃないけど、面倒くさくなってきて、言う通りにした。ひとりで神社に行って、境内《けいだい》の石を積んだり、手水《ちょうず》の水を頭からかぶったりして遊んだけど、とてもつまらなかった。蟬の声は、その日はなかったような気がする。帰りたい、と思ったけど、帰れない、とも思った。いま帰ったら、自分は、見てはいけないものに、知ってはいけないことに、気付いてしまうから。だから、陽が落ちて、虫が鳴き出して、月がゆっくり西に下がるまで、ずっと神社の隅にうずくまってた」

「それで?」

黙りこくった知由里に、たまらず理子は訊ねた。知由里は首を振り、おしまいだよ、と、ココアを飲み干した。ベビーカーに赤ん坊を戻す。

「おしまい?」

「おしまい」

「嘘だよね?」

理子の言葉に、知由里は静かに微笑んだ。「どれが?」

テーブルのスマホが震え出した。知由里はそれを手にして席を立った。しばらくレジ近くで話していたが、長くなりそうなのか、そのまま外に出ていった。窓の向こうには、背を向けて立つ知由里が、ARグラス越しに見える。理子は、ベビーカーにいる〈ひよひよ〉に顔を向ける。ぱっちりと目を覚ました彼（彼女）は、じっと理子を見つめていた。理子は抱き上げる。

記憶のそれより重さを感じない。それは、表情を変えない。これからなにが起こるかを知っているかのように、ただ、そのときを待っている。

首の骨を折る。

そうすれば、知由里は彼女の物語から解き放たれるのだろうか。理子は思った。泣きわめき、怒り、叫ぶかもしれない。でも、今の知由里より、母親のようなふるまいを見せる彼女より、理子はそんな彼女が見たかった。首の骨を折る。すべてが元通りにはならない。でも、初めのときのように、見せかけでも、そういう姿になるものが、少しは、ほんの少しはあるはずだ。

知由里はまだ背を向けている。理子はグラスを外す。大きな大福の側面を、掌《てのひら》をめいっぱい広げてもつ。「椎体は六〇〇キログラムまで耐えられる」。だが、「急激な力が加わった場合はその限りではない」。

ビープ音が響いた。

テーブルに置いたARグラスからだった。バイブレーションと共に、指向性スピーカー部から、最大音量で警告音を鳴らしている。まわりの客がいぶかしげに理子を見、彼女は慌ててグラスをかけて、解除操作をしようとする。

初期化は上限回数に達しています。

ARグラスには、そう文章が浮かんでいた。初期化は上限回数に達しています。「達しています」が、ちょうど〈ひよひよ〉の顔にかかり、それの目を隠していた。

初期化は上限回数に達しています。

理子は知由里を見た。彼女の顔は昔のままだった。それだけだった。

知由里が戻ってきた。「あ、抱っこしてもらってるの？　よかったねえ」

「ごめんね」

家に戻ると、理子はフライパンを手にした。鉄の。

知由里と出会ってからも、〈ひよひよ〉が来てからも、彼女が去ってからも、理子はその手入れを欠かしたことはなかった。徐々に料理に使わなくなっても、油を塗り、空焚《からだ》きをし、いつでも使える状態に保った。その黒い色はますます濃くなり、深みが増した。

理子はコンロの火をつけた。つつつ、ぼっ、と青い炎がフライパンの底をあたためる。からっぽのフライパンを眺めながら、理子は、肉を入れた。牛肉。でもそれは想像で、実際には彼女はなにも手にもっていないし、なにも焼いてはいない。それでも、理子は火をつけ続け、フライパンを揺らした。彼女の想像の牛肉は小気味よい音を立てながら、やがて色が変わった。溶けたバターを肉の表面にすくってかけると、油が理子の手に跳ね、理子は熱さを感じ、そこから蟬の声を連想し、だけど、そこは自分の家で、夏にはまだ早かった。

やがて、温度センサーが短く警告音を鳴らし、コンロの火は自動的に消えた。あたためられたフライパンは、からっぽのまま、そこにいる。

あーちゃんは
かあいそうでかあいい

七月一日について思うことはいくつかある。

まずは音がいい。「しちがつついたち」。一年三六六日の中で、これほど歯切れよく、楽しげなものはなかなかない。最悪なのは「じゅういちがつにじゅうしちにち」。まどろっこしくって仕方がない。「くがつとおか」も悪くはないが、間延びした感じは否めない。やっぱり七月一日だ。

そして、かわいそうなあーちゃんの誕生日でもある。あーちゃんはかわいそうだ。まず苗字。武藤。ムトウ。男の子ならよかったのに、あーちゃんは生まれたときから女子だった。もし自分がムトウさんなんて小学生のころに呼ばれたら泣きだすに決まってる。富山の山奥あたりで木でも切りながら暮らして、タヌキと雪に囲まれてそうな響きだ。最悪すぎる。知らんけど。

それからあーちゃんは「さ」行がうまく言えなかった。舌が短いか長いかしたんだろう。「さいきん」は「しゃいきん」になった。「すずめ」は「しゅじゅめ」になった。「し」だけはまともで、「shi」よりは「si」に似た音だったのだけど、それはあんまり気にならなかった。

けれど、クラスの友達は吐き気が出るほどいい子たちで、絶対に彼女のその間違いを笑ったり訂正したりしなかった。きらきらしたその子たちの憐《あわ》れみのような笑顔を見るたび、おえっと胃が痙攣《けいれん》した。おえっ。

あと、あーちゃんは乳歯が抜けるのが遅かった。極端に遅かった。三年生ぐらいになってようやく初めて抜けた。うちの小学校には「歯の塔」と呼ばれる不思議な塔があった。塔と言っても灯籠《とうろう》ぐらいの大きさで、初めて抜けた乳歯をそこに入れるという決まりがあった。衛生教育かなにか知らないが、奇妙な風習だ。あーちゃんはほかのみんなが乳歯を次々にフィルムケースとかいう遺物に入れていく様《さま》をぼやんとした目で眺めるだけで、当然彼女がいちばん最後に塔に乳歯を納めることになった。だけどあーちゃんはそれを嫌がった。そして、いろいろな経緯ののち、自分の元に、彼女の乳歯が渡ることになった。その乳歯は今もフィルムケースの中で、引き出しに収められ、ケースはときどき、ころころ転がり、存在を主張する。でも触らない。それはあーちゃんのものだから。これが、七月一日について思うことがあるいくつかの理由のうちのいくつかだ。

でもまあ、七月一日を毎年意識しているかと言われると、そうでもない。大人になるというのはそういうことだ。それよりも、給料日とか、ログインボーナスとか、生理周期とか、そういった日付の方が大事になってくる。だから最初、あーちゃんに気づかなかったのかもしれない。

あーちゃんは七月一日に親知らずを抜きにやってきた。右奥、すっかり歯茎の中に埋没して、隣の歯をぐいぐい押していた。レントゲンを撮り、マトリョシカが倒れたみたいな白い影を「抜かなきゃダメですね」と言うと、心底おびえたような顔をしたし、その反応はおおよそ間違っていない。口腔関係で、埋没した親知らずを抜く施術ほど恐怖と痛みを伴うものはない。

「そういうの、すごい苦手で」

確かに彼女はそう言った。「さ」行もたぶん、ほぼ完璧だった。普通人間は、人の「さ」行について細かく考えないので、ちょっと「しょ」や「しゅ」が混じっていたのかもしれないけど、たぶん耳を通り抜けていったんだろう。

結局、彼女は次の予約をすっぽかした。そういう人はたくさんいる。おそらく日本中には、抜かれずに放置されている親知らずがたくさんあるに違いない。ロキソニンでもって誤魔化され、成長を呪われる親知らずたち。想像すると少し悲しげだ。もちろん少しだけ。アフリカの子どもたちとかそういったのに比べれば、屁でもない。あーちゃんが再び訪れたのは、次の年の七月一日だった。

院長は患者の不作為を責めないよう、衛生士ら職員に指導している。ここは学校ではない。「患者《お客様》」には事情がある。事情に立ち入るのではなく、口腔に立ち入り歯垢と歯並びを矯正するのが我々の仕事だ。院長は冗談が好きで、辟易《へきえき》する。

あーちゃんは初めて来たみたいな顔をしてた。カルテを見て、今度はあーちゃんだと気づいた。苗字は武藤ではなく佐藤。缶コーヒーみたいな変遷だ。念のために以前の診察記録を見ても、「佐藤」だった。結婚でもしたんだろうと予想をつけ、診察台に向かう。レントゲン撮影の結果、右奥の親知らずは肥大しており、ついでに左奥の親知らずも歯茎を食い破っていた。これは今日抜くべきですと院長が告げると、あーちゃんは震えあがった。大の大人が涙目になっている姿を初めて見た。院長は最後はあなたが決めることですからと、あーちゃんを置き去りにしたため、場を和《やわ》らげようと仕方なくあーちゃんと自分が同級生であることを告げると、彼女は心底ほっとしたような顔になった。

「痛いのが苦手なの。ホントに」

目じりを拭《ぬぐ》いながら、彼女は言った。思わず手を差し伸べたくなる仕草だ。

「エジプトにミイラがいるでしょう」診察台を元の高さに戻し、気分を変えようと話し始めると、あーちゃんは怪訝《けげん》そうな顔をした。「彼らは死後の世界があると思っているから、ああいうことをしているわけだけど、ミイラにするとき、その作業の過程で、死後の世界の本人にも痛みが伴うと考えていた。貴族であろうが王女であろうが。資格をもつ者は、名誉の対価として苦しみに耐えなければならないと考えていたわけ」

「でも私は王女じゃない」

「うん、この話も本当じゃない」

ウソ、作り話。そう告げると、あーちゃんは笑い、痛みに顔をしかめた。

そして彼女は苦しみに耐え、親知らずを二本抜いた。抜糸が一週間後に定められ、ロキソニンが処方された。ハムスターみたいになる、と伝えると、それはよかったと答えた。かわいそうに思ってもらえるから、と彼女は頬をさすった。その「かわいそう」の「そ」は、よく聞けば「しょ」に近かった。

一週間後は有休をとっていたのだが、気になって病院の近くを通ると、あーちゃんが入口の前でたたずんでいた。たたずむ。小学生のころにはできなかった立ち方だ。ハムスターではないが、仔《こ》リスぐらいの大きさになった頬を見せながら「あ」と声を上げると駆け寄って来て、「お願い私と入って」と、両手で手を握った。「また痛い気がして怖いの」温度がある。温度がある生き物に触れたのは久しぶりだった。振り払おうとしたが、思ったよりもそのあたたかさは抗いがたい誘惑だった。扉を開け、エスコートするように手をつないだまま、入口前の低い階段をのぼらせると、「ありがとう」と彼女はうやうやしくお辞儀をした。ポーランドあたりの舞踏会みたいだ。お嬢さん、いかがですかなダンスでも。受付の同僚は苦笑し、後日それをサカナに更衣室は盛り上がる。「宝塚？」「クジャクみたいな後光が見えた」

施術が始まる前に帰ったので、あとは聞いた話だが、名も知らぬ神様にお祈りをしながらあーちゃんは抜糸を行ったらしい。あーちゃんはかわいそうだ。抜糸はふつう、そんなに痛くない。

それから自分はあーちゃんの担当になった。他の衛生士が「あの人あなたの方がいいでしょ？」と笑顔で押しつけてきたからだ。術後の経過とあわせて、もろもろ検査も行うことになったため、あーちゃんはしばらく毎週、病院を訪れるようになった。さすがに入口の前でたたずむことはなくなり、「こんにちは」と甘い香りを振りまきながらやって来た。彼女が入口をくぐると、とたんに花が咲いたように感じられた。とてつもなく大きな花で、人々はあらすてきなどと言いながら、においにむせて咳《せ》きこむ、そんな感じ。

あーちゃんは無駄話をするタイプではなかったが、無駄話を望んでいるタイプだった。水を向けると、苗字が変わった訳も教えてくれた。中学のころに両親が離婚して、母方の姓になったということだった。「つまらない話だから」と、あまり多くは語らず、それよりも地元のことを知りたがった。東京の私立を受験した彼女は、小学校を卒業したあと、他の友人たちと交流する機会は減っていた。吐き気がするほど優しかった級友たちは、年齢が上がるにつれ、嘔吐度合いは薄まっていったものの、そのグループはいつもにこやかであたたかみがあった。そんな話を善意の視点から話すと、あーちゃんは大げさに喜び羨ましがったので、自分も彼らみたいなやさしい人間になった気がした。もちろん気がしただけだ。

仕事終わりに食事に行くようにもなった。あーちゃんはずいぶんいいお店を知っていた。生春巻きとか生パスタとか生なんとかが出る店がお好みだった。お酒は果物がのっているタイプのものしか飲まず、出てくるお皿はどれもちんまりとした主張しすぎない大きさで、その上に乗る料理も自分の大きさに恥じらいをもっているタイプのものばかりだった。だから自分も一口で食べたいところを、ハムスターのようにちまちま食す。それでも「おいしいね」と感想を口にすると、心底ほっとしたような顔をあーちゃんは見せる。「私たち似てるね」あーちゃんは言う。「味覚が似てるってうれしい」。あーちゃんはかわいそうだ。「似てる」なんて言葉を軽々しく使うほど意味を知らない。

あーちゃんは銀行の融資係で働いているとのことだった。それを聞いたとき、自分の知っているあーちゃんからは、ずいぶん遠い職業だと思った。あーちゃんは一九世紀のフランスの王室とかに存在していたであろうなにをするか不明なドレスだけ着てちょこんと座っているぐらいの役割の仕事をしているものだと勝手に考えていた。でも、話を聞く限りでは、なかなか楽しく仕事をしているようだった。

「お金の前だと人は正直になるの」

と彼女は言った。お金のことになると誤魔化し泣き出しゴネゴネしだす人間ばかり見てきた身としては逆ではないのかと思ったが、あーちゃんはこう続けた。

「みんな、お金のことになると、変になっちゃうの。家族が不幸にあって今にも心中だとか、自分がいかに会社の経営に命を懸けてるとか。ふつーに暮らしてるときって、そんな大げさなドラマみたいなセリフ、言わないじゃない？　逆にお金は大事じゃないって言う人もいる。銀行に融資を頼みに来てるのにね」

「デリヘルの女の子に説教するおじさんみたい」

「たしかに」

あーちゃんは頷いた。意味を理解してるのかしてないのかはわからない。

「もちろんホントの話なんて誰もしない。作り話ばっかり。でも、お金の前だと、みんな普通じゃいられなくなる。だから、作り話の中に、人間の根っこの部分みたいなのが見える。こんなことが、私には面白い」

あーちゃんはグラスを傾けた。からころんと氷が鳴る。「退屈な話？」彼女は訊《き》く。いや、と答えながら「昔はそんなにしゃべるタイプじゃないと思ったから」と正直に口にすると、彼女は笑った。

「昔は上手にしゃべれなかったから」

あーちゃんは、大きく口を動かして「さしすせそ」と言った。ほとんど気にならないさ行だ。

「練習したのよ」構音障害の言語療法を通して、口の動きや、舌の使い方を学び、発音の練習に取り組んだ、と彼女は言った。

「ショパン」

だしぬけに彼女はそう呟いた。ショパン、スペイン語ではチョピン。とても縁が遠い単語だ。水星とランゲルハンス島ぐらい。

「訓練の教室でははじめに口と舌の運動をやるんだけど、当時かかってた音楽がいつもショパンだったの」ほら、とあーちゃんは天井を指さした。ピアノの曲が流れている。題名はわからない。

「たぶんおんなじCDを毎回かけてたんでしょうね。だから他の場所でショパンが流れてるとよく気がつく」彼女は目をつぶり、続けた。「だけど習慣は抜けなかった」

「習慣?」

さすせそ、とあーちゃんは「し」を抜かして言った。「なるべく、さ・す・せ・そ、が入らない言葉を選んでしゃべるようにしてた。『し』はマシなんだけど、他のはとっても気にした。笑われたら厭《いや》だから」

「誰か笑ってた?」思わずそんなことを訊《たず》ねる。

「誰も」あーちゃんはさびしそうに答えた。「誰も笑ってなかったから、笑われないようにしたの」

あーちゃんは食事をしても、必ず八時前にはお開きにする。これはありがたい。うちに帰ると、母が待っているからだ。母は最近なにもしない。ぼうっとテレビを見ている。笑うことも感想も口にしないので、見ていないかと思ってテレビを消したらめっぽう怒られる。だから、仏像のように母が動かなくても、テレビはそのままにしている。

出勤前に「朝」「昼」と付箋《ふせん》を貼った皿を冷蔵庫に入れておくと、帰ってくるころにはなくなっている。あーちゃんと食事をする日は、「夜」という皿も用意しておくが、それが食べられたことはない。「ただいま」と帰り、「遅かったね」と返事があって、ようやく母はどっこいしょと立ちあがり、冷蔵庫から「夜」の皿を出し、レンジでチンをする。自然、母と二人、食卓につく必要性を感じる。薄暗いリビングで母がひとり、「夜」の付箋とラップをはがして黙々と食べる姿を俯瞰的に考えると耐えられない。母は特にしゃべらない。くちゃくちゃという咀嚼《そしゃく》音が響く。自然、自分が話すことになる。病院でおっぱいに頭を押しつけようとするおじさんとか、コンビニのネパール人店員の日本語語彙力が上がってきているとか、そういった話。

最近はそれにあーちゃんが加わった。母はあーちゃんのことをよく覚えていて、彼女の武藤も名前も漢字で書けた。そして、「かあいいい子だったね」と、会話の終わりに必ず口にした。

母は歯周病が末期というかすでにご臨終状態で、歯のいくつかが抜けそうになっている。そのためか、唇がよく動かず、「わ」が「あ」のように聞こえた。大の病院嫌いのため、そんな状態になっても頑《かたく》なに「自分は歯磨きぐらいできる」と言って行こうとしなかった。そういえば母はいつも口酸っぱく歯磨きをしろ歯磨きをしろと言い続けていた。大人の教えが大人になったときに役に立っていない現象を見ることは悲しい。嘘をついてはいけないとか、赤信号で渡ってはいけないとか、お年寄りは大切にしようとか。

「あんたはあの子と仲が良かったね」と彼女は言い、それに、そうかもしれない、と答える。玉ねぎみたいに、中身のない会話だ。皮をお互いめくりあって、あとにはなにも残らない。確かに母はあーちゃんがお気に入りだった。授業参観ではすらりと上がる腕の長さを褒め、運動会では組体操での笑顔の輝きについて熱っぽく語った。母は、「なのにお前は」と続け出すほど狭量な大人ではなかったが、娘の表情に気づかないぐらいは鈍感な親だった。でもまあ、きっとうちの学校の同じクラスの友達の親も、どうせおんなじようなことを話しているのだろうと考えるのがせめてものなぐさめだった。あーちゃんはかわいそうだ。同級生の保護者の間で、勝手にロールモデルにされていることも知らない。

母は食べ終わると、皿を流し場に持っていき、そしてまたテレビを見始める。流し場には「朝」と「昼」と「夜」の皿が溜まっている。また仏像のようになっている母を横目で見ながら、それを洗う。ときどき母が光り出すのではないかと思うのだが、そんなことはない。どちらかというと淀《よど》んだ色で沈んでいる。

あーちゃんの別の歯が抜けたのは、夏も終わりのころで、暦の上では秋だった。「電信柱にぶつかって」と彼女は言ったが、明らかに誰かに殴られたような痣《あざ》で、目元から頬が腫れ上がり、上顎の左側方歯が抜けていた。医学的には完全脱臼で、基本は抜けた歯の再植をするのだが、あーちゃんは「失《な》くした」と言った。話すたびに彼女の口元からのぞくその空白が気になって仕方がなかった。「事情に立ち入らない」をモットーにする院長の方針は、ここでは悪い方に作用し、結局原因はうやむやになり、あーちゃんの差し歯をどのような材質にするかという話題に移っていった。

「男みたいだよ」休憩室で、同僚は言った。「なんかヤクザみたいなヤツと歩いてるとこ見たって」

更衣室では、そのありきたりな「ヤクザみたい」な風体《ふうてい》の男の話でひとしきり盛り上がった。まったくあーちゃんはかわいそうだ。付き合う人間を、すべて間違えている。小学校時代から、ずっとそうだ。

「歯を見つけたい」

消毒を済ませ、新しい包帯を巻き終えたとき、そう声をかけた。それは口実だった。「見つかればまだ間に合う」というのも嘘だった。何日前に抜けたか知らないけど、たぶんもう手遅れだ。保存液にも牛乳にもつけていないその歯の根元に付着していたはずのあーちゃんの細胞はぜんぶ死滅したにきまっている。その歯があーちゃんのものとして再生することはもうない。でも、「歯を見つけたい」という口実は我ながらすてきな理由だと思った。失くしたものを一緒に探すなんて、それがたとえなんであれ、歯であろうが、夢であろうが、すてきでないわけないでしょう。あーちゃんはその申し出に微妙な顔をした。笑顔ではあったが、全体的には困っているというニュアンスを、眉とか、目じりに漂わせていた。あーちゃんはかわいそうだ。人類が全員、そういう些細な表情の違いに敏感だと信じている。

その日の仕事の帰り道、あーちゃんと待ち合わせした。改札の前。まだ暑さがじゅうぶん残る日だったが、あーちゃんはマスクとサングラスをして、スカーフを往年のハリウッド女優みたいに頭に巻いていた。遠巻きに人々は彼女の姿を眺め、彼女は柱を背に、それでも堂々と真正面を見据えて立っていた。そう、あーちゃんはいつもまっすぐ前を見つめていた。二人で話すときも、その目は自分の瞳をつらまえて離さなくて、いつもこっちが先に逸らしてしまうぐらい、まっすぐだ。小学生のときはどうだったか、思い返してみるけど、うまく思い出せない。でも、背すじはすっとしていたのは覚えてる。「すっ」て音が聞こえるぐらい、教室であーちゃんの背は伸びていた。そうだそうだ、自分はけっこうあーちゃんの後ろの席が多かった。だから、彼女の目を思い出せなくて、背すじのことを思い出せるんだ。あーちゃんを見つけて彼女の元に歩いていくまでそんなことをつらつらつらつら考えるほどに心臓の音は高く高く鳴っていた。

あーちゃんのマンションはふた駅となりだった。わざわざうちの歯医者には電車に乗って通ってきていた。「だって、知っている人がいた方がいいじゃない」あーちゃんはマスクの下、くぐもった声でそう言った。その言葉が電車のがたごととんという音にかき消されて見失わないように、もう一度言ってほしいと心の中で念じながら耳の奥に入ってきた微《かす》かなそれを、頭の中で生クリームをかき混ぜるみたいにいつまでもぐるぐるとした。

「ここらへんかな」

あーちゃんは、大きな道路沿いの歩道で止まった。彼女がぶつかったと主張する電信柱はなんの変哲もない電信柱だった。コンクリート製で、住所と、電器店の青い看板がくくりつけられている。もちろんあーちゃんは嘘をついている。彼女の歯は電信柱にぶつかったぐらいで抜けはしない。でも、あーちゃんが選んだ電信柱だ。丁重にその冷たい石の肌に触れる。

近くにはツツジの植え込みがあり、あーちゃんと重点的にそのあたりを探した。見つかるわけがない。でも、二人で頭を突っ込みながら、吸い殻やカップ麺の容器や犬の糞が転がる地面を覗き込む行為は、なにか尊いものに思えた。存在を信じていない神に祈るように二人はこうべをたれ、同じものを探しているのだ。尊くないわけがない。

「もうやめよう」

一〇分も経たないうちにあーちゃんは音《ね》を上げた。でも、その言葉が聞こえないふりをした。植え込みにないとなると、あとは側溝だ。金属の網が張られたそれは、てこの原理で開きそうだった。日傘を差し込み、ぐいとやったが、傘の骨が折れる音がしただけだった。仕方がないので、地面に腹ばいになり、スマホのライトを使って側溝の奥を照らし出す。「もうやめよう」あーちゃんは背中ごしに再び声をかける。あーちゃんはかわいそうだ。嘘をついた責任というものを知らない。

結局、一時間ぐらいはそこでうろうろと探し回っていた。説得することを諦めたあーちゃんは、近くのコンビニでアイスとジュースを買ってきてくれた。歯が抜けたばかりのあーちゃんはもちろん食べない。彼女は、買ってきたパピコが二本とも消費されていく様子をただ眺めているだけだ。

「うちに寄ってく?」

あーちゃんはおずおずとした調子で声をかけた。確かにシャツは泥だらけで、顔も汚れていた。メイクはだいぶ前から崩れていたんだろう。憐れみを含んだあーちゃんのその提案に、いいの? と、儀礼的に返事をして、「いいよ」という儀礼的な返事を彼女から引き出した。「歯を見つけたい」と口にしたときから、こういう展開になっていくことは予期していたから、「いいの」と「いいよ」の応酬は儀礼的にならざるを得ないのだ。それに気づかないふりをするぐらいに我々は大人だった。なんでもない顔をして、先に歩き出したあーちゃんのあとをついていく。あーちゃんの背中から、彼女の感情を読みとろうとするが、うまくいかない。彼女の背すじは伸びている。

あーちゃんのマンションはあーちゃんのマンションという感じだった。彼女が住むならこんな場所だろうという要素をすべて兼ね備えていた。カリモクみたいなソファのあるエントランスとか、「おかえりなさいませ」という微笑を口元にためたコンシェルジュとか、名前のわからない背の高い観葉植物とか。部屋の中もまさにその通りで、ショールームみたい、というのが適切な比喩表現なんだろうけど、なんかそれはちょっとありきたりすぎてあーちゃんには合わない感じがする。靴を脱ぎ、部屋を見渡す。生活感はそこかしこにあるのに、それが一つの風景画のように固定されていて、なんだろう、そこにあるべきものとして配置されているように思える。そうだ、舞台セットに近い。近い、なんて言ってみても、演劇部でもなかったし撮影現場にも入ったことがないからわからないけど、それがぴったりだ。あーちゃんは背中をつつき、「あんまり片付いてないから」と恥ずかしそうに言う。片付いている部屋の前で片付いていないと口にする謙遜になっていない謙遜の仕方は、あーちゃんらしくて好きだった。

シャワーを借りている間に、あーちゃんは服を用意してくれた。「着れるっぽいの、これしかなくて」という服は、だぼっとしたワンピースで、カーキー色の生地にスイカの断面図のワンポイントがあるという不思議というか妙なデザイン。彼女がどうしてこの服を買おうと思ったのか、果たして本当に着ようとしたのかそれすらもわからないが、それでもありがとうと言って上からすぽりとかぶる。「似合うよ」とあーちゃんは言う。だいぶゆったりしているように見えたが、意外に腰のあたりのラインが窮屈で、それでもしっかり頭を出して、彼女の「似合うよ」に応えようとする。あーちゃんはほっとしたような顔をして、そういう気の遣い方が小学生時代の級友たちを思い出して心底げんなりしてやめてほしいと叫びたくなる。そんなあーちゃんはもうマスクもサングラスもハリウッドスカーフも包帯もとっているから、痣が痛々しい。あまりにも他の肌と色が違うから、そこだけ石膏《せっこう》で塗り固めたかのようだ。触れたらきっと冷たいのだろう。そう思う自分の掌《てのひら》が熱をもつ。じっとり。

あーちゃんがシャワーから出るまでの間、ぼんやりと部屋で待つ。ぼんやりの間に、痕跡を探す自分に気づく。歯ブラシの数とか、食器の数とか、ゴミ箱の中のなにかの抜け殻とか、そういった類の。痕《あと》はなにもない。すべての物事は、あーちゃんがひとりで暮らしていることを主張している。「ヤクザみたい」な要素は特にない。更衣室での湿度の高いおしゃべりは幻だったのかもしれない。そんな風に思わせるほど完璧な不存在の主張だった。あーちゃんはかわいそうだ。存在しないことを強調すればするほど、存在しないものの存在は大きくなるということに気づいていない。

唯一不自然だったのは、カメラだ。リビングの机の上に、部屋の景観に不釣り合いな大きなカメラが置いてあった。いまどき珍しいマニュアルカメラだ。時代を感じさせるつくりで、傷もいくつかある。持ち手の革の部分はこすれて薄くなっている。その薄くなった部分に手を添え構えてみると、あーちゃんがシャワーを終えて出てきた。バスタオルを羽織っただけで、陰毛の毛先の水滴まで見える。レンズを向けると、ポーズをとってくれた。ファインダー越しでも、あーちゃんはあーちゃんだ。

「古いでしょ？」

冷蔵庫から炭酸水を出して、あーちゃんは飲む。勢いがつきすぎたせいか、ひと筋、口元から滴《しずく》が垂れ、彼女の首を通り、乳房の勾配で止まる。

「父の趣味で。むかしはこれでよく撮ってもらった」おかげで、と彼女はカラーボックスの引き出しを開けた。フィルムケースが山のように入っている。フィルムケース。口にしかけ、言葉を飲みこむ。「もったいないからゴミにできなくて」

「お父さんとはまだ会ってるの?」離婚の話を思い出し、そう訊ねると、あーちゃんは首を振った。

「一年ぐらい前。癌《がん》。式には出してもらえなかった」

三つのそれぞれの事実を、あーちゃんは隙間なく並べた。そのひとつひとつには直接のつながりはない。絵の具の赤と青と黄色ぐらい違う。でも、それぞれが混じり合い、緑や紫や、もっと暗い色になる。あーちゃんはTシャツに着替えると、フィルムケースのひとつを手にとり、蓋を開けた。

「父の」

彼女が見せた中には、小指の爪ぐらいの、黒いかけらが入っていた。「歯の詰め物だと思うの。燃え残りだね」

どうして葬式に出してもらえなかったのに、彼女がそれを持っているのか、理由は訊けなかった。彼女は何度も見ただろうに、しげしげと、細部まで眺めている。その物体にどれほどの突起があるかとか、一円玉とどちらが重いかとか、そういったことにも即答できそうだ。そんな様子を眺めていると、家の引き出しにあるあーちゃんの乳歯のフィルムケースについてどうしても伝えたくなり、「まだ自分も持ってるよ」と思わず声をかけた。あーちゃんはいぶかしそうな顔をした。

「ほら、歯の塔、覚えてる? 乳歯を入れる」

ああ、とあーちゃんは頷いた。

「入れたくないっていうから、もらったヤツ、あったじゃん。あれ、まだうちの家の引き出しに入ってる」

「もらった?」

あーちゃんは眉をひそめた。あーちゃんほど「眉をひそめる」動作が似合う人を知らない。そのひそめ方は記憶を揺るがし、自分の存在を震わせる。

「え、だって」

口ごもる。でも覚えている。今でも覚えている。あーちゃんの乳歯は教室で抜けた。隣の席だった。あ、と短く声が上がり、先生《しえんしえい》、と彼女は半開きの口のまま呼んだ。血と涎《よだれ》が唇を濡らし、担任はティッシュであーちゃんの口元を拭《ふ》くと、おめでとう、と声をかけた。なにがめでたいのか、という顔をあーちゃんはして、その表情に気づいたのは、多分クラスで自分だけだった。おそらく上顎の乳中切歯だろうそれを、担任はフィルムケースに入れ、どうぞと彼女に献上した。あーちゃんは、それを道具箱にしまった。

「自分のものをどうするかは、自分で決断したいから、入れたくないって、そう言ってたじゃない」

「そんなこと言ってた?」あーちゃんは笑った。「そ」が「しょ」に聞こえる。「私、そんなに大人っぽいこと言わないと思うけど」

「でも」

ペットボトルをあーちゃんはテーブルに置いた。ほとんど音などしなかったが、それがこの会話の終わりの合図であることは容易にわかった。

あーちゃんはソファに腰を下ろした。隣り合う。たぶんほとんど無意識に、彼女はテレビをつける。画面の中では、もしも地震が起こったときの備えの話をしている。あー、缶詰とか。ぜんぜんしてないですねー。一週間分の備蓄なんて無理ですよー。あーちゃんの裸の肩が触れる。浴槽に水をためるのはＮＧ。えー、そーなのー？　あーちゃんの小指が、自分の小指に触れる。それは偶然で、少なくとも偶然と思わせたい動き方だった。

「週に一回、言葉の教室に通ってた話、したよね」

あーちゃんが口を開いた。「自分の口の動きを見るのに、ビデオカメラを使うんだよね。どういう唇の動かし方とか、舌の動かし方をすると、正しい発音ができるか、見本と比べながら見るの」

「なんか恥ずかしいね」

話の行き先が見えなくて、つまらない相槌を打つ。あーちゃんは気にせず続ける。

「でも、自分の顔や体をまじまじと見るのは嫌じゃなかった。むしろ私にとって、他の人がどれだけ自分の顔や体の動きに無頓着か気づかない方が違和感がある。唇の上げ方、頬の動き、口の開き具合。私は何度も何度も練習した。この体が、自分のものになるために。誰かのものではないという証明のために」

あーちゃんは息を吐いた。彼女は立ち上がり、ソファに彼女のいた凹《くぼ》みが残される。

「だけど結局、言葉の教室の担任が、私のビデオを家に持って帰った事件があって、カメラはなくなっちゃったんだけど」

「最悪だね」

「ね」

沈黙。彼女の身体を見る。Tシャツは乳房の形がくっきりと浮き出ている。それはあーちゃんのもので、たぶん一生触ることはできない。たとえ自分がそれをつかんだとしても、本当につかんだことにはならない。あーちゃんはあーちゃんで、あーちゃんのものはあーちゃんのものでしかないから。子ども時代のことを話したくない彼女なりに自分の話に答えたのだと気づいたとき、あーちゃんはもうこの部屋の中にいないという表情をしていた。どこか彫刻めいたそれは、自分の母を思い出させた。あーちゃんはかわいそうだ。本当にかわいそうだ。

「悪いんだけど、もう時間が」

あーちゃんは「申し訳なさそうな言い方をしている」という言い方で告げた。まだ話したいことはあった。ぐずぐずと身支度をしながら、必死に会話の糸口を探った。

「歯はどうするの?」

他に言うべきことがなくて、結局、全く別のことを言った。「どれ?」とあーちゃんは訊ねた。どれ? 「電信柱にぶつかったヤツ」と答えると、「もういいよ」と彼女は言った。「歯がなくても人は生きていけるし、お金もある」

「お金があればインプラント治療もできる」

「たしかに」あーちゃんは笑った。

「でももし」なおも続ける。彼女の口の動きを見たくて。「歯を見つけたら?」

「もし私の歯を見つけたら」あーちゃんは言う。ぜんぜんそんなことを思ってない顔をしている。「届けに来て、できるだけ、はやく」

「届けに行く。できるだけはやく」

玄関まであーちゃんは見送りに来た。それは名残惜《なごり》しいというより、ちゃんと自分の家から出ていくのを確認する作業の一つだった。それでも、見送るために、濡れた髪を整える彼女の横顔を見ると、胸が詰まった。靴を履いているあいだ、あーちゃんはしきりと時計を気にしていた。

「洋服」

立ち上がり、ワンピースの肩口をひっぱって、あーちゃんに訊いた。「クリーニングに出して返せばいい?」

「いらない」

すぐにあーちゃんは答えた。「もういらない。あげる」ばっさりと木を切り倒すように。その木はたぶん杉で、切られると同時に加工されて角材になり、郊外の四人家族の一軒家の柱の一つになる様子が思い浮かび、消えた。

「でも悪いし」そう食い下がると、不思議そうに彼女は言った。

「人が一度着たものなんて、二度と着たくないでしょ?」

扉はばたんと閉まった。写真を撮ったら、きっとそこには「ばたん」というオノマトペがゴシック体で見えているはず。ばたん。

「自分のものをどうするかは、自分で決断したい」

確かにあーちゃんはそう言った。そう覚えている。タイムマシンがあったら二人で確認しに行きたい。ドラえもんに出てくるみたいな形状のタイムマシンなら、あーちゃんは後ろに、自分は操縦桿《かん》を握って、おたまをひっくり返したような形の謎のライトが二人を照らす中、ぐにゃぐにゃの四次元空間を旅したい。でも本当はそんな小学生時代の記憶なんて振り返ろうとせず、いろいろな時代を旅したい。できれば未来がいい。遠い未来。人間が肉体を失って脳波だけで会話する時代とか。

歯の塔には、一年生の三月に、初めて抜けた乳歯を納める。厳密な話ではない。なぜなら、幼稚園で乳歯が抜ける子もいれば、歯を失くしてしまう子もいる。あーちゃんのように抜けるのが遅い子だっている。とりあえず、なにかの歯があればいいのだ。フィルムケースはずらりと並び、側面に一人一人の名前と日付が油性マジックで書かれている。卒業の年にその歯は返される。そうしなければ塔は早晩フィルムケースであふれてしまう。そういえば自分の歯の入ったフィルムケースはどこに行ったのだろう。覚えていない。

あーちゃんは他の子と時期がだいぶ違ったので、担任はあーちゃんに、自分で入れにいくようにと言っていた。自分のものをどうするかは、自分で決断したい。あーちゃんはそのとき、担任にそう言ったのだ。文言は違うかもしれないが、そんなような意味のことを言った。担任の女教師は気圧《けお》されるように、しどろもどろに、だけど決まりがあるから、などと答えていたはずだ。

結局あーちゃんは放課後、歯の塔には寄らず、まっすぐ校門を通り過ぎた。商店街を抜ける。あーちゃんの家とは逆の方向だ。あーちゃんの足取りは迷わない。大股に、正確に、タイルのひとつひとつを踏みぬくように歩く。あーちゃんの一歩は、大きい。彼女の一歩の間に、二歩ぐらい歩かなければ追いつけない。

川に出る。夏の川原は草がぼうぼうだ。そう、あれは七月一日だった。早い梅雨明けの年で、夕暮れながら太陽の光は強かった。草をかき分け、あーちゃんはずんずん歩いていく。あーちゃんのポニーテールが少しだけ見えているので、それを目印にする。自分の頭は先も出ていないとわかっている。すらりと伸びた彼女の背を想像しついていく。汗がしたたる。草いきれに息が詰まりそうだ。彼女はなにをしにこんなところに来たのか。幼かった自分はまだわからない。でも、期待に胸が躍る。彼女なら、あーちゃんなら、自分にはできないなにかをやってくれるに違いない。

あーちゃんはその草むらを抜けると立ち止まった。高架下、列車がぐおおおんと走り去っていく。ぐおおおん。その音に合わせて、あーちゃんは叫ぶ。肩が震えている。言葉になっていない叫びだ。五臓六腑全てを吐き出し地べたに叩きつけるような声だ。列車は去る。あーちゃんは止まらない。やがてそこには、級友の名前とか、担任の女教師の名前とか、あーちゃんの母親の名前が交じり出す。そのどれもにさ行が含まれている。彼女はひたすらひたすら彼らの名前を繰り返す。何度も何度も。さしすせそさしすせそさすせそ。思ったよりもそこに嫌悪めいたものも怒りも含まれていない。発声練習のようにさえ感じられた。でもそうじゃないことは知っていた。彼女は全てを呪っていたんだから。それがあーちゃんを好きになった理由だったんだから。似ている。あなたはよく似ている。自分の顔を指さし、そう声をかけられたらどんなによかったことか。たとえ冷たいありがとうを聞くことになるとしても。

やがて下り列車がやって来る。あーちゃんは振りかぶる。プロ野球のピッチャーのようにきれいなフォーム。その姿勢で、彼女があのフィルムケースを持っていることに気がつく。フィルムケースは弧を描き、宙を舞う。たぶん、あーちゃんは川に投げこみたかったのだろう。だが、あーちゃんはかわいそうだった。肩の力が弱かった。フィルムケースは、その手前でぽとりと落ちた。不《ぶ》恰好《かっこう》に。ぐおおおおおん。列車が去る。あーちゃんの背中はしばらく動かず、彼女はたぶん、そのフィルムケースを眺めていた。だけど結局、なにもせず、くるりと振り返った。目が合った。あーちゃんはまっすぐ見つめた。逸らさなかった。すっ。なにも言わず、草むらに引き返す。

「好きにしていいよ」

傍らを通り過ぎざまに、あーちゃんはそう囁《ささや》く。好きにしていいよ。「す」は「しゅ」に聞こえる。しゅきにしていいよ。その音は、今も耳の奥に残っている。フィルムケースはとり残されている。だから、それを拾った。だから、それは、自分の机の奥に今も残っている。「7／1」。ケースの側面には、マジックでそう書かれている。名前はない。彼女は書くことをしなかったのだ。

自分の家に戻ると、母は相変わらずだった。テレビだけが彼女を照らしている。部屋の明かりをつけ、「おかえり」と振り向かない彼女の声を聞く。タイムマシンで毎日過去を遡っても、彼女の姿は変わらないのだろう。永遠に近い母親を持つという感覚は最高に最悪だった。

冷蔵庫を開ける。今日は「夜」の皿は作らなかったから、中はほぼ空《から》に近い。流し場には、「朝」と「昼」の皿しか見当たらないので、母はなにも食べていないのだろう。自分も空腹のはずであるのに、なにか食べたいという欲求はついぞ湧き上がってこなかった。

冷凍の焼きそばをレンジで温め、テーブルに出す。母は黙って食べ始める。あーちゃんの話をする。あーちゃんの歯の話をする。小学生のころ、彼女の乳歯は抜けるのが遅くて、彼女は歯の塔には入れなかった、そう言った。川のくだりも、彼女の叫び声も、彼女の呪いも、七月一日も、全部話す。どうしてかわからない。でも伝えたくてたまらなかった。誰でも良かったわけじゃない。母に、自分の母に伝えたかった。そして最後に、自分の手元にその歯が譲られたという話をする。母は黙々と食べている。口の周りがソースでべとべとと汚れているので、それを拭く。

「あれか」

ぼそりと母が呟いた。え、と思わず訊き返す。タオルの手が止まる。「捨てたよ」母は言う。え、ともう一度声が出る。「あ」と「え」の中間ぐらいの音。アメリカ人の英語教師が言っていたapple の発音みたいな声。

「あんなもん、おまえに必要ないだろう」

母は焼きそばを食べ終わる。空の皿を見ている。虚《うつ》ろを見つめる彼女を残し、自分の部屋へ行く。引き出しを開ける。フィルムケースはある。だが、中身は空だった。空っぽだった。いつから？ わからない。中身を見ることはもう何年も何年も前からやめていた。それはその引き出しに入っているという事実、その事実だけが大切だったからだ。最後にあーちゃんの歯を見たのはいつだ？ 覚えていない。本当にこの中に入っていたかどうかさえ、不確かになる。母はどうしてそれがあーちゃんのものであると知っていたのだ。そして、母はそれをなぜ捨てたのだ。あのころの自分の家を思い出すから？ 娘の表情に気がついたから？ 今さら、今さらなんなのだ。空っぽのフィルムケースをもって、立ち尽くす。「7／1」。振りかぶるあーちゃんの姿を思い出す。川がきらきらしていた。きらきらとその水面は、彼女の顔を照らしていた。それは確かだ。絶対。必要ないだろう。そんなことはない。必要だ。どうしても必要なのだ。それが彼女と自分を繋ぐたったひとつの繋がりなのだ。虫歯だって、神経が繋がっていなければ痛みも感じない。

どのぐらいそうしていたのだろう。リビングに戻ると、母は寝ていた。お気に入りの籐椅子《とういす》に座り、口を開けて。テレビはつけっぱなしで、夜のニュースを映していた。台風が近づいている、とキャスターは述べ、「台風が近づいている」と呟くと、薄暗い部屋に思ったよりも響いた。鼾《いびき》が聞こえる。ときどき息が詰まったような変則的な音を出し、心配になって顔を近づけ呼吸を確認する。むっとするにおいに、思わず鼻をつまむ。口臭だ。母の口の中は、たぶんイラクの戦地よりひどい。母の葬式で自分はきっと、母の死は口の中から始まった、と思うだろうと思う。喪主になり、みなの前であいさつをする自分を想像する。「母の死は口の中から始まりました」。参列者は神妙に頷き、母のただれた口の中を思い描く。地獄の共有。それはなかなか愉快な光景だった。

テレビを消した。母は起きるかと思ったが、断続的に鼾が続き、彼女はそこそこ深い眠りの中にいるようだった。風呂場に行く。スイカのワンピースを脱ぎ、洗濯機に入れる。洗う必要があるかもわからなかったが、それは習慣に近かった。母の服は下着すら見当たらないから、昨日のものをそのまま着ているはずだ。最後に風呂に入った日も知らない。おむつはまだ必要ないはずだが、時間の問題だ。おむつ、おむつ。頭の中にメモをする。買い物のリストの中にそれは入りこみ、忍びこみ、生活の質を変えていく。洗面所とキッチンのタオルをとり、自分の下着も脱いですべてつっこみ、洗剤を入れ、スタートボタンを押したところで、急に膝に力が入らなくなった。がたととん。命を与えられたように洗濯機がひとつ震え、動き出す。その横でうずくまる。裸のまま。乳房がことさらに重く感じる。がたがたととん。旧式の洗濯機の唸《うな》りは大きい。叫べばいいのかと思うが、叫べない。ここは川ではないし、母も起きてしまう。肛門や陰部が開き、冷たい空気が身体の中に触れようとする。あーちゃんはかわいそうだ。この冷気を、自分ひとりだけのものだと思っている。

風呂に湯を溜めている間、裸のままリビングに向かう。母はまだ寝ている。相変わらず口を開けている。老眼鏡は脂でべとべとに汚れている。自分の鼻をつまみ、母の口腔をチェックする。焼きそばの青のりが、しるしのようにいくつかの歯についている。歯茎がすっかり下がり、多くの歯の根元が露出している。右の下顎の第二大臼歯《だいきゅうし》は、昔の虫歯の治療で被《かぶ》せものがしてあるが、それも外れかかっている。ボールペンの反対側で、母の歯をひとつひとつ触る。いくつかの歯で動揺が見られるが、特に上顎の右側方歯は末期も末期だ。大きく左右に動く。右側方歯。あーちゃんは左だが、似たようなものだ。ほとんど迷わず、研修生時代に購入させられた鉗子《かんし》を自分の部屋から持ってくる。それでペンチのように歯を挟む。引き抜く。血がぼたぼたと垂れるので、すかさずガーゼを口の中に差しこむ。母は叫ぶ。起きたのが先か、叫び声が先か、どちらかはわからない。まだこんなに大きな声を出せるのかと、どこか安心した気持ちになる。

「歯が抜けたのよ」

そう告げ、母の頭を抱く。乳房に母の臭い息が触れるようで不快だが、彼女の髪を撫で続ける。少し落ち着いたところで、水と称して、キッチンに隠してあった日本酒を飲ませる。母は咳きこむが、アルコールに弱い彼女は、やがて寝息を立て始める。しばらく母の呼吸を感じながら、抱き続ける。母の髪はかたく、陰毛のようだ。カサカサとした肌は爬虫類を思わせる。誰かにあたためてもらわないと体温を保てない変温動物。でも、人生で一番、母との距離が近づいた一瞬だった。一瞬であることが、切なく、安堵する。

止血が済むと、精製水と消毒液で簡易的な事後措置を行う。しっかりした処置は明日、病院に連れていけばいい。さすがの母も、これで行くしかなくなった。どのみち、抜歯しか選択肢のなかった歯だ。早いか遅いか、それぐらいの差しかない。

机の上に置いた母の歯を手にとる。涎と血と雑菌で汚れているが、きれいに歯としての形が残っている。水道水で洗う。研磨剤を少量垂らし、たわしでこすると、大方の汚れはとれる。キッチンペーパーでよく拭き、あの空っぽだったフィルムケースに入れる。空っぽはなくなる。満たされる。蛍光灯に透かすと、ぼんやりとそれは影をもっている。

翌日、気分は清々しい。永遠から明けた最初の朝だ。母を歯医者に連れて行く。いろいろと面倒なので、自分の病院には行かない。母は大人しくついてくる。昨日のことを覚えているのかわからないし、訊くこともない。母の手を引く。微笑ましいものを見たという表情で、道行く人が我々を通り過ぎる。おえっ。「こりゃ大変だ」若い歯科医は思わずそう口にして、しまったという顔で自分を見る。「大変なんです」とにこやかに答え、彼の発言に問題がないことを示す。なるべく歯を残したい、母はそう言う。歯科医は頷きながら、その不可能性について思考をめぐらしているのがわかる。歯は残らないんですか。母は訊く。無邪気に。誰もそれに、はっきりと答えない。

母を連れて帰る。彼女は一気に歳をとったようだし、子どもに戻ったようにも見える。その日はお粥とぐじゅぐじゅの鱈のあんかけをスプーンで運んで食べさせる。されるがままに母は口を動かす。「かあいいね」なにも映っていないテレビに向かって母は呟く。母はいつもなにを見ていたのか、考えないようにする。代わりに、よかったねと声をかける。母さん、これでよかったんだよ。母は頷く。けれどもう母のことは頭にない。歯のことだけ考えている。ご飯を食べると母はうとうとしだす。布団を敷き、横たえる。彼女はすぐに目を閉じる。

「あーちゃん」

リビングから出ようとしたところで、母の声がした。あーちゃん。足が止まる。振り向く。母がまた訊ねる。「あーちゃん、お前、どこに行くんだい」

彼女は半身を起こしていたものの、視線は虚ろだ。焦点は遠いようで近く、目の前に浮遊する塵《ちり》を眺めているようでもあり、カンブリア紀の三葉虫に思いを馳せているようでもある。

「すぐに帰るよ」

扉を閉める。空が眩しい。台風が来るとは思えない。あーちゃん。小学校に入ってすぐぐらいまで、父と母にそう呼ばれていた。あーちゃん。いつしか誰も、自分のことをそう呼んでくれなくなった。あーちゃん。この名前は特別だ。この響きは別格だ。その言葉を口にすると、ショートケーキの甘ったるいにおいとか、夏の終わりの夕暮れとか、そういった時代を思い出す。失われて、もう手に入らない、幸福の形をしたものたち。

あーちゃんのマンションへ行く。電車はやけに空《す》いているから、大きな声で歌いたくもある。もちろん歌わない。右手に握りしめたフィルムケースはじっとりしている。好きにしていいよ。あの日、呪文のようにあーちゃんは囁いた。だから好きにした。フィルムケースを持ち帰り、彼女の歯を取り出し、口の中に入れ、飴のようになめた。からころからん。唾液がからまり、あーちゃんの細菌とか細胞が自分の口腔の中で繁殖する様を想像した。それが身体の一部になり、髪や爪や乳房のふくらみになるところを想像した。じゅうぶんに想像し、味わったあとで、べっと吐き出し、ケースに戻した。好きにしていいよ。あーちゃんはこうなることもわかっていたはずだ。そんな確信があった。あの七月一日から、ずっと信じてきた。

マンションの前まで来ると、あーちゃんがちょうどエントランスから出てくるところだった。ピクニックにでも行くみたいに軽やかで、顔の痣はその爽やかな表情によく合っていた。

「ちょうどよかった」

ちょうどよかった？　ためらわず彼女は手をとった。あたたかい。でも乾いている。「歯を見つけたの」

歯？　フィルムケースを取り出そうとした手は止まった。あーちゃんの左手には、歯が握られていた。左側方歯。乾いた血がついていていて、てらてら光っている。

「この歯、くっついてくれるかしら？」

口を開き、彼女はその歯を自分の歯列の空洞に充《あ》てがう。明らかにその歯は大きすぎて、彼女の孔《あな》を埋めることはできそうもない。そんなときでもまっすぐと、あーちゃんは前を見ている。彼女の中に、失敗も誤りもない。

「それは、あーちゃんの？」

思わず訊ねる。あーちゃん？　彼女は首を傾げ、そして笑い出す。「あーちゃん、なんて懐かしい呼び方」

小学生じゃないんだから、彼女はそう呟き、左側方歯を太陽にかざす。台風が来る前だというのに、日差しは強い。小さな影が、彼女の口元にできる。

「これは私。私のものになったの」

あーちゃんの断言は胸に来た。垂直に、ちょうど心臓に深々刺さるように来た。もうその歯は彼女のものであり、それは予言となり、ラッパは吹かれたのだ。

「あーちゃん」

いい、あたしはそう呼ぶ。唇が震えて、上手くあわさらない。今度はあーちゃんは笑わない。なに？　というように、あたしを見る。あーちゃんあーちゃん。小学生のとき、一回だけ、彼女にそう呼びかけた。彼女の名前の頭には「あ」がついていて、あたしの名前のおしりにも、「あ」がついていたから。あーちゃん。とびきりの響き。ギリシャ神話にとってのクロノス、ローマ時代の五賢帝。だからあたしは、彼女にその名前を託した。あーちゃん。秋の乾いた落ち葉のにおいのする名前。彼女はまっすぐあたしを見ている。あたしは目をそらさない。

「あなたに手伝ってほしいことがあるんだけど」

あーちゃんがあたしの手を握ったまま、言う。ぐおおおおおおん。遠くで列車の走り去る音が聞こえる。行かない方がいい。あたしの中の、幼い小学生がそう呼びかける。そこから先は、知らない道だ。帰り方のわからない道だ。でも、あたしは一歩を踏み出す。あーちゃんの部屋へ向かう。あたしたちは並んで歩く。扉を開く。開けない方がいいのはわかってる。でも、あたしは止まらない。だって、あーちゃんはかわいいから。かわいくて、そしてどうしようもなく、かわいそうだから。

電信柱より

その夏の日、リサは激しい恋に落ちた。夏とは名ばかりの涼しい日で、風はやわらかく、どこか異国のにおいを感じさせた。もちろんリサも恋をした経験はあった。生きるか死ぬか、これが最後になるだろうという恋の思い出もあった。

「だけど、その恋は今までのどれとも似ていませんでした」

リサはまっすぐな目をした女性だった。切れ長の瞳は、相手の髪の毛の先までがしりと摑むことができた。「するどく、ぬくい恋でした。ヤマアラシのように、子猫のように」

リサは電信柱を切る仕事をしていた。電信柱を切断するのは女性の仕事である、というのが、この時代の認識だった。「細かい数字はご存じないと思いますので」と、リサがわざわざ見せてくれたファイルには、厚生省の男女比統計が示されていて、それによれば資格取得者中女性の占める割合は九割を超え、彼女の就業先の職場もほとんどが女性であるということだった。その理由については、高度経済成長期に多くの女性就職希望者に斡旋《あっせん》をしたことや、割合自由の利く就労時間など、いくつか説があるそうだが、彼女の話の中で興味深かったものとしては、電信柱を男根の象徴とみなし、男女同権の闘争と考える、というものがあった。しかしながら、この説は評判としては芳《かんば》しくはなく、フェミニズム史の論文の中で、否定的にささやかに引用されるぐらいだ、と彼女は付け加えた。

「でも、その電信柱は女性でした」

リサの唇の肉は薄く、口紅もなかった。言葉は震え、彼女はそのひとつひとつをとりこぼすことを恐れているようだった。

「女性だったんです」

リサは繰り返した。電信柱に性自認があるのか考えたことはないが、リサは一目見たときから彼女が女性性として機能しており、「自分が強く心を惹《ひ》かれていることに気が付いた」と語った。かといってリサは、自らの性的指向が「女性」に向くものだとは思ったことがなかったし、性格的にもその辺りを複雑に考えたこともなかった。私は私であり、それ以外の私をとり巻くものはそれはそれとして存在しているものであり、その対比にあまり違いはない。リサは、自分はそうやってシンプルに生きてきたと思っていた。

電信柱はS市の郊外にあった。リサは一か月前にS市に転勤してきており、この地区は初めての担当だった。「現場主任」の肩書きで、事前にリサーチしたときには、その電信柱を認めることはできなかった。よくある地方都市といった風情《ふぜい》の町だった。電気の通らなくなった電線には洗濯ものがぶら下がり、子供は電信柱によじ登って度胸試しをしていた。路地によっては「民営化反対!」「××党を壊滅せよ」のような、アジテーションの垂れ幕が下がっていることもあった。

　くだんの電信柱は、そんな路地裏のそのまた裏のあたりにあった。小便や酔っ払いの吐いた臭いがむっとたちこめるような、そんな裏路地だった。けれど、昼中になると、嘘のように日当たりがよくなり、光が満ち溢《あふ》れた。電信柱はその光の中にたたずんでいた。「たたずむ」という表現がよく似合う、とリサは一目見たときに思った。会ったことはないが、恐らく深窓の令嬢というのは、この電信柱のような出で立ちをしているのではないかとリサは考えた。

「主任、どうしますか」

　立ち尽くすリサに、新人の女の子が声をかけた。リサは「ちょっと」と、彼女を手で制し、恐る恐るその電信柱に近寄った。見た目としては平凡な電信柱だった。細い丸太が地面に深々と突き刺さり、その根元には雑草が茂っている。「すゞき歯科」という錆《さ》びた看板が括《くく》りつけられ、その柱の背中側には男女の名前が刻まれていた。市が管理していたと思《おぼ》しきタグもとり付けられていたが、劣化でほとんど読みとることができない。リサは「すゞき歯科」の「科」のすぐ横辺りを思い切って触った。人間でいえば横っ腹か太もものあたりだ。最初は人差し指の腹で、木目に沿わせるように。それから中指、薬指と順番に触れていった。掌《てのひら》全体で摑むと、身体の奥の方がぴくりと震えるのを感じた。頬が赤くなる。手を離し、下から上までゆっくりと眺め、それから指示を待っている他の作業員たちを思い出し、ようやく背中を向けた。

「書類に」リサは自分の唇が乾いているのに気付いた。「書類に不備があるようだから、ここは後回しに」

特段、作業員たちはリサの指示を疑問に思わなかったようだった。何しろリサはグループの中で一番の経験者だったし、赴任して一か月とはいえ、その作業の的確さや迅速さは誰もが認めるところだった。リサは地図を示しながら、隣の区画の電信柱の切断作業から始めることを彼女たちに伝えた。帰り際にもう一度振り返ると、やはりどこか高潔で寂しげに、電信柱はリサたちを見下ろしていた。

一日の作業が終わった後、もう一度リサは裏路地に戻った。もちろん一人で。日は翳《かげ》っており、斜向《はすむ》かいに立てられた街灯が路地を照らしていた。印象は初めと変わらなかった。いや、みぞおちのより深いところが疼《うず》く感覚があった。

木製の電信柱は、おおよそ昭和三〇年代で新規の設置は終わっている予定だった。その後はコンクリート製のものにとってかわられるはずだったが、超党派の議員たちが提出した法案により、景観美化を理由に電線の地中化が各都市で進められていった（これは日本の政治史の中でも輝かしい業績の一つです、とリサは言った）。この電信柱はいつ頃たてられたものだろうか。劣化したあれこれを見る限り、相当古い印象を受けたが、しかしリサは、そこに閉じ込められた時間の美しさを思った。

「私は、祖母の糠床《ぬかどこ》を思い出しました」

リサは小麦色の肌をした手で、ぎゅっぎゅっとかきまぜる仕草をした。「祖母は、その糠床が慶喜公《よしのぶこう》の時代からある、と嘯《うそぶ》いていました。本当か嘘かはわかりませんが。電信柱を見ているとき、私は祖母の漬けた茄子《なす》や胡瓜《きゅうり》を食べたときと同じ感覚になりました。味ではないんです。歯ざわりとか、噛み応えとか、そういったものを、思い出したんです」

地区の作業は、どんなに引き延ばしてもあと一か月で終了する程度だった。たとえこの電信柱を最後に回したとしても、来月には切り倒さなければならない。この電信柱だけ残すという選択肢を作ることもとることもリサにはできなかった。しばらく流したことのない涙が一筋、彼女の頬を流れた。


リサは丁寧に、けれども少し急いだ様子で、うつむきがちに、そんな話を私に喋った。そして最後に、「どうすればよいか」と彼女は訊《たず》ねた。私は困惑し、窓の外の電信柱を見た。私には、普通の、どこにでもある、古びた木製の電信柱に見える。

「一つの提案としては」

リサは言った。真剣な声だった。「お宅の敷地を広げるという手があります。ちょうどお庭に面しているので、あと一坪ほど敷地面積を増やすだけで、あの電信柱の区画を収めることができます。基本的に私有地の電信柱については、我々の業務範囲外ですから、切断はしなくてよくなるので」

はあ、と私は相槌《あいづち》ともため息ともつかぬ返事をした。リサが我が家にやってきたのは一時間ほど前だ。電信柱の作業に関する話ということで、妻も買い物に行っていたため、特に気にも留めずに居間にあげてしまったのだが、思ったよりも混迷を極める話だった。

「もちろん謝礼はお支払いします」

そう言って、リサは銀行通帳の残高を私に見せた。なかなかの額が貯まっていた。とはいえ、二回りは歳が違いそうな若い女性に、通帳を見せられ頭を下げられるという経験はあまり愉快ではなかった。私は「よしてください」と、顔を伏せるリサに聞こえるように、畳をとんとんと手で軽くたたいた。

「私にはよくわからないんですが、切り倒さずに、引き抜くということはできないのですか。それを持って帰ればいいじゃありませんか」

「それはできないんです」

リサは悲しそうに首を振った。「役所から請け負った業務は〈切断〉なんです。引き抜いてしまうと、それは規約違反になってしまいます」

お役所なんてそんなものかもしれない、と私は妙に納得をしてしまった。

「もちろん会社を辞める覚悟で引き抜きを行うことはできなくもないのですが、そのためには他の作業員に手伝ってもらわなければなりませんし、何より色々な方に迷惑がかかります。穏便に済ませる方法として、私としては、お宅の敷地を広げるという案が一番かと思うのです」

平屋《ひらや》の庭付きは、子供ができたときに買ったものではあるものの、そこまで強い愛着があるわけでもなかった。庭は年に一回植木屋を入れるぐらいで、今は雑草が生え放題だ。ぐるりと囲む板塀もいくつかガタがきていたが、修繕するあてもなくそのままにしている。そのうちの何枚かを外して、電信柱のある場所を囲むのも悪くはない提案のように思えた。私は頭の中で自宅を空から眺めてみた。不自然にぽこりと出たその部分は、疣《いぼ》か瘤《こぶ》のようだった。

「やっぱりそれはできません」

私の頭の中の考えを払い、リサに向き直った。「私には、敷地を買いとる経済も、事務的な作業ができる体力もありません。かといって、あなたからお金をもらうことも、私にはできません。これは私の主義というより、私が歩んできた人生から学んできたことです」

リサは透き通るような目で私を見た後、やはりまたうつむいた。とりなすように私は続けた。

「よくわからないけれど、電信柱はまだ日本中いくつもあるでしょう。各地を回れば、いい電信柱に出会えるんじゃないかな」

自分でそう言いながら、「いい電信柱」とは何か、私には皆目見当もつかなかった。

「たぶん」

しばらく沈黙した後で、リサは絞り出すように言った。「これほどの電信柱には、この先二度と会えないと思うんです」

「二度と」

「ええ」リサは顔を上げた。「気品があるんです。電信柱はどちらかというと粗野《そや》な部類に入ると思います。野性味といいますか。でも、あの電信柱にはそれが全くありません。少ないとか、部分的に、というわけではなく、全くないんです。きっと、大事に大事に育てられてきたんです」

誰が、とは私は訊《き》かなかった。リサは肩を震わせていた。そして、顔をぐいと拭《ぬぐ》うと、いったい何度目になるのかまた頭を下げ、「申し訳ありませんでした」と口にした。

「本当に無茶なお願いでした。ご立腹されても仕方のないことだと思います。この話はどうぞもう、忘れてください」

「いいんですか」

思わず私は問い返した。

「忘れることには慣れています。リサはかぶりを振った。子供のような駄々でした」

そして立ち上がった。玄関まで送りながら、私は何か自分が悪いことをしたような気分になり、「もし何かできることがあれば」と口にした。運動靴を履きながら、リサは「大丈夫です」と答えたが、扉に手をかけたところで、振り向いた。

「もしよろしければ、仕事の帰りに、お宅の庭に寄らせてもらっても構いませんか」

少しでも眺めていたいんです、と彼女は言った。「夜中に道路に立っているのは、なにかと不自然ですから」

私が「それぐらいなら」と答えると、うちに来て初めて、彼女は笑顔を見せた。


その翌日から、本当にリサは我が家の庭にやって来るようになった。必ず手土産を持ち、丁寧に頭を下げて訪れた。

妻はことのほか好意的で、彼女のために倉庫から大きなロッキングチェアと、サイドテーブルを出してきた。リサは庭の雑草を手際よく刈りとり、色々な位置から電信柱を眺めると、よい角度が見つかったようで、柚子《ゆず》の木の隣に椅子を置いた。

いつもリサは一時間ぐらい、ロッキングチェアに揺られながら過ごした。時々は、妻が出した冷たいレモネードに口をつけた。私たち夫婦はその間、風呂に入ったり夕飯を食べたりしていたが、窓から見える彼女の姿は、写真で切りとったかのように、変わらなかった。

色々と話しかけるようになったのは妻だった。妻は、リサが自分の同郷であることを知ると、彼女の横に自分の椅子を引っ張り出し、お喋りを始めた。リサはそれを迷惑がるでもなく、にこやかに応じていた。

「母の影響かもしれません」

あるとき妻が、なぜ電信柱を切る仕事を始めたのかリサに訊くと、彼女はそう答えた。「母は助産師をしていました。ご存じの通り、私の故郷は雪深いところですので、冬のお産は本当に大変でした。赤ちゃんが生まれる家まで、スキー板を履いて、がしがしと進むんです。母は個人でやっていたもんですから、大きくなったら、私も手伝いに連れていかれて。吹雪《ふぶき》だろうが何だろうが、赤ちゃんは待ってくれませんから、どんなときでも、母は電話で呼ばれれば出かけていきました」

そのときは、私も椅子を出して、妻の横でその話を聞いていた。煙草が吸いたかったが、妻に止められていたので、手持ち無沙汰にハッカ飴を舐《な》めていた。

「私はお湯をわかしたり、汚れたタオルをとり替えたり、色々な仕事をしました。大方《おおかた》のお産はうまくいきましたが、中には死産する場合もありました。私が印象的だったのは、そんな場合でも、産婦は母に頭を下げていたことです。『ありがとうございました』って。母は町内じや古くからの家柄でしたし、顔が利いたというのもあるのかもしれませんけれど、そんなとき母は、ただ黙っていました。死んだ子供に手際よく装束《しょうぞく》を着せながら。何だかその光景が私には心に残っています」

私の頭の中には、息が絶えた赤子を抱える女性が浮かんだ。項垂《うなだ》れるでも悲しむでもなく、その女性は、吹雪の中、すっくと背筋を伸ばし立っていた。私は電信柱を見て、それからリサに視線を戻した。

「お母様は町の方に信頼されていたんですね」

妻が訊ねると、「そうですね」とリサは答えた。続けて妻は、「そういう信頼されるような仕事をしたかったということ?」と言い、リサは頷きかけたが、電信柱に目を向けた後、ゆるゆると首を振った。「いえ、私が言いたいのは、そういうことではないのかもしれません」

「私は母を汚したかったんだと思います」月が出ていて、彼女の顔はその翳《かげ》に隠れていた。「私たちは基本的には仲の良い母娘《おやこ》でした。もちろん反抗期もありましたし、それなりにケンカもしました。でも、根っこの部分ではお互いのつながりを感じていると、そう信じていました。母は、私が助産師になることを強く望みました。私自身も、ぼんやりとそうなるのだろうと思っていました。だけど私は、最後の最後で、その道から外れました。私が想像していたよりも、母は怒りました。今まで聞いたことのないような言葉も言われました。電信柱を切る仕事なんて泥沼の底にいる人間たちがすることだ、お前が何かを生み出すために私はお前を産んだのだ、それでも選ぶと言うなら私はお前の穢《けが》れた手を握ることはもうできない……」リサの目が何を見ているか、私にはわからなくなった。「でも、母の繰り言を聞きながら、私が思い出していたのは、『ありがとうございました』という、産婦たちの下げる頭だったんです。それから上京して、私は専門学校に通いながら、電信柱の切断の資格をとり、この仕事に就《つ》きました。母とは連絡をとってはいますが、仕事の話をしたこともされたことも、一度もありません」

そこでリサは言葉を切った。続きがあるかと私は思ったが、彼女はそのまま電信柱を見つめるだけだった。妻が彼女の背中を撫《な》でると、ほうっと長い息が漏れた。

「私なんだか」

しばらく後で、妻が言った。「あの電信柱のよさがわかる気がしたの。やっぱりちょっと、他の電信柱と違うわね、あの子。たたずまいとか」

それは妻の本心だったのか、場の空気を和《なご》ませるためだったのか、私にはよくわからなかった。でも、リサは顔をくしゃっとして笑った。

そのような日々が続いたので、自然と街路の電信柱を観察するようになった。言われてみると、確かに電信柱にはそれぞれ個性があるように見えた。

性別はわからなかったが、私が気に入ったのは、市民公園の近くに立っている電信柱だった。その電信柱は、どうも他のものよりも幾分背が小さいように感じられた。それは、昔飼っていた猫を思わせた。その猫は妻が拾ってきたのだけれど、何かのかけあわせか、胴に比べて脚がやたらと短かった。ちまちまと歩く様子が可愛く、私たちは「ブーちゃん」と呼んでいたのだが、ある日を境にふっつりと家に帰ってこなくなり、そのまいなくなってしまった。試しに電信柱の木肌を撫でてみると、あの子の毛の感触を思い出せるような気がした。

リサは休日にもよく電信柱を訪れているようだった。我が家の前に立ち、柱に触れているときもあった。そんなときは、長い時間、恋人同士が手をつないで別れを惜しむごとく、街灯に照らされていた。昼間、何となく電信柱を見てみると、柱に傷跡が増えていた。私はなぜか頬が赤くなり、目をそらした。

あるとき、仕事の帰りに、たまたま電信柱が切られる現場を見た。

もちろん、我が家の前の電信柱とは別の、駅に近い道路に立っているもので、リサが現場監督なのか、細かに指示をしていた。私は立ち止まり、しばらくその作業の様子を眺めた。

初めは電線を切る作業だった。梯子《はしご》にのぼり、小さな高枝ばさみのようなもので、若い作業員が手際よく電線を切っていく。全ての線から切り離された電信柱は、拠《よ》り所をなくしたようで、どこか頼りなげだった。それから、ガリバー旅行記のようにいくつもロープが結《ゆ》わえつけられ、地面に固定された。最後はリサが、チェーンソーをぶおんと鳴らし、膝下ぐらいの部分を易々《やすやす》と切っていった。電信柱はロープに支えられながらゆっくりと横たわった。切られる前と後で、私には、電信柱の表情が変わってしまうのがわかった。もはやそれはただの木材であった。ゴーグルとマスクをしていて、リサの表情はよくわからなかった。

後日、その切られた電信柱の跡を見ると、切株というよりも、出来損ないの杭《くい》のような形で木の柱が残っていた。私にはそれが、女性のくるぶしのあたりのように思えた。

結局、我が家の前の電信柱は切られることはなかった。電気を通したのだ。

妻の発案だった。あの電信柱から、我が家に直接電線を引き込み、電気を通すという手続きをとった。

「仕事があればいいわけでしょ」

どうだと言わんばかりに妻は私に告げた。「あの子は電気を通すという立派な仕事をしているわけだから、切り倒す理由がなくなるわ」

とりあえずリサの会社に電話をかけ、彼女にその報告をすると、電話の向こうで何度も頭を下げているだろう声が響いた。仕事が終わったら必ず見に行くから、今日は立て込んでいて遅くなるかもしれませんが、と彼女は早口に言って、そして最後にもう一度礼を言った。

その日の午後に、電気工事の作業員が来て、電線をとり付けたり、引き込み線を張ったりした。

「いや、旦那さんも酔狂なことするね」

作業員は、妻の出したお茶を飲みながらそう言った。「たぶん、あと何年かしたら、こういう電柱も、法律が変わって切断の対象になっちゃうんじゃないかなあ」

いいんですよ別に、妻は笑って、お茶を注《つ》ぎ足した。人の恋路を邪魔するのは、って昔から言うでしょう。作業員の男は、わかったようなわからないような顔をして、熱いお茶に顔をしかめていた。

夜半にリサはやって来た。遠慮がちに呼び鈴が鳴り、就寝前の私たちの姿を見ると、何度もまた謝った。妻は彼女の肩をたたき、「早く見に行きましょう」と、自分もサンダルをつっかけた。

そのとき、リサが私たちに見せた表情は今でも忘れられない。満月で、街灯がなかったとしても、あの電信柱の様子はよく見ることができた。私たち三人は肩を並べ、電気が通った電信柱を見た。どうかしら、と妻はリサに言い、顔を覗きこむと、しばし言葉を失った。暗がりでも、その顔は色をなくしているのがわかった。瞳は揺らぎ、唇は半開きのまま、震えていた。「あ」とか、「う」とか、原始の声のような音が、彼女の喉《のど》の奥の奥の方から聞こえた。ごくりと唾が飲み込まれ、ようやく忘れていた呼吸を始めたようだった。

それからリサは、よろよろと、電信柱に近づいた。「すゞき歯科」の「歯」のあたりを右手でつかみ、左手で、木の部分をぽんぽんとたたいた。顔を上げた。彼女の目は、ぐるぐると先端に巻き付いた電線を見ていた。私は彼女が泣き出すのではないかと思ったが、長い間その姿勢を続けたまま、リサは電信柱を見上げていた。まるで何かを伝えようとしているみたいだった。そう見えたのは、私だけかもしれない。本当のところはわからない。彼女の言葉が、電信柱に伝わったのかどうかもわからない。私たちはただ、電信柱の腰を摑み、ゆっくりと何かを削られていく彼女の横顔を眺めているだけだった。

どれぐらい経っただろうか。リサはようやく手を離した。二、三歩後じさると、それから私たちの方へ向き直った。彼女は、乾いた顔で私たちへと歩み寄ると、ぺこりと頭を下げた。

「ありがとうございました」

それから、二度と、リサの姿を見ることはなかった。電信柱は今でも、我が家に、どこか遠くの場所からやって来る電気を、長い手紙のように送り続けている。

嘘つき姫

1（3）

一九四〇年、わたしたちは嘘つきだった。

でも、とあなたは思うかもしれない。あの年は、みんなが嘘つきだったたって。確かにそうだ。それはわたしも認める。宣戦布告の際も、誰もが連合軍が勝つと吹聴《ふいちょう》し、ラジオではマジノ線の頑強さが語られ、「パリはフランスで最も防衛された都市」だと新聞は書き立てた。ベルギーやオランダなどからやって来る逃げ出した人々はただ「臆病」なだけで、ドイツ軍は必ずや天啓をもって撃退され、わたしたちには何の危害も及ぼさないと。わたしたちは嘘を愛した。

とりわけママは嘘つきだった。でも嘘が下手だった。わたしはママの嘘を愛した。

靴屋のポールじいさんの裏庭には、細長いろうそくのような小屋がある。中には下りの階段があって、その階段を五一三段数えると、小人《リリピュット》の国にたどり着けるのだという。

「ポールじいさんは小人の王様で、靴はいつも小人の家来につくってもらっているの」

確かにじいさんは小柄で、そのころのわたしの背丈とそんなに変わらなかった。いつもは黙って靴を磨いているのだけど、酔っぱらうとよくわからない言葉で奥さんを罵《のの》った。「あれは小人の言葉なの」ママはその様子を眺めながら、わたしに囁《ささや》いた。「怒っているように見えるけど、実はああして小人たちに指示を出しているのよ。『今日は編み上げのブーツを三足だ！紐は少し長めにな！』」

　わたしはある日、ママの目を盗んで、ポールじいさんの裏庭に忍び込んだ。ろうそくの小屋のドアには鍵もなく、たてつけの悪いギシギシの音だけでするりと開いた。中は暗かったが、夕暮れの日差しがまだ隙間から届いていて見渡すことができた。鍬《くわ》や鋤《すき》（じいさんは畑をもっている）、それに靴づくりに使うであろう何かの材料たち。要するにただの倉庫だ。歩き回れるほどの広さもなく、わたしはそこかしこを足で踏んでみたが、小人の国への入り口は、ほんのかけらもなさそうだった。

　家に帰って、わたしはママに言った。「あの小屋はただの物置だったよ」

「へえ！　あなたあそこに行ったのね！」

嬉しそうにママは言った。「百聞は一見に如かず《Voir c'est croire》、理よりも実践を重んじるとは、さすが私の娘ね」

　それから彼女は、わたしに顔をぐいっと近づけた。「だけどあなた、小人というのはどのぐらいの大きさだと思ってる？」

「ポールじいさんぐらいじゃないの？」

「いいえ！」ママは笑った。「あれは王様だから大きいの。普通の小人はそうね、こんぐらい」と、彼女は親指一本を立てた。「お前はネズミの巣穴をそんな簡単に見つけることができるの？」

そんな調子だったので、わたしはママの嘘を嘘とわかっていながらも、どうにも言い返すことができずにいた。だから、肉屋のダニエルおじさんは日曜になると呪いが解けて豚に戻るし（確かに彼はでっぷりとしていた！）、司祭のアランさんは毎日牛乳風呂に入っているからお肌がすべすべで（大人たちからは赤ん坊《ブポン》と呼ばれている）、そしてパパは、遠くイギリスの宮殿に呼ばれて、新しい時代のオペラを書くために「家に帰れない」ということになっていた。ママは嘘を愛し、わたしもそれを認めた。

ドイツ軍が背後に迫り、非武装都市宣言がなされたときも、ママは「ピクニック」に行きましょうとわたしに告げた。「このところ嫌なニュースばかりだから、少し羽を伸ばしたいわ」

ママはどこからか自転車を調達してきていて、その後ろに山のような荷物を積んだ。大きな旅行鞄に毛布に水筒、干し肉（！）、パパの写真に、ラジオ。ママは大切にしているトパーズのイヤリングを、両耳につけた。わたしは「肌身離さず持ち歩きなさい」と、茶色の肩掛けカバンを渡された。そこに、パパからの手紙とお気に入りの小さなネコのぬいぐるみ、それからキャンディをいくつか入れた。「すてきなピクニックになりそうね」とわたしが口を歪《ゆが》めて言うと、ママはにっこり笑い、「急いで出発しましょう」と答えた。

同じような「ピクニック」の人々が、表では列を成していた。わたしの傍らを、高そうな車が通り過ぎた。ママが慌てて手を挙げたが、実直そうな運転手は前をまっすぐ向いたままで、あっという間に見えなくなった。黒くべたべたとしたものが、家々にまとわりついていた。何かの燃えカスだ。「ドイツ軍の攻撃だ」と誰かが言い、「いや、石油を燃やしてるだけだ」と別の声が答えた。「小人の仕業《しわざ》ね」とママは呟いた。

「その家には大きな煙突があってね」

ママはこれから「ピクニック」で訪れるのだという「古い知り合い」の家の話をした。「クリスマスの前の日は、その暖炉の前で一晩中サンタクロースを待ったわ。だけど彼は結局来なかった。火に近づきすぎたせいで私の鼻毛が焦げちゃっただけ」

その家は列車を使えば時間がかからない、とママは言ったが、肝心の駅は人でごった返していた。遠くのホームには、文字通り人が隙間なく並んでいた。担架で気絶した女性が運ばれ、赤ん坊は押しつぶされないようにか、人々が頭の上をバケツリレーで運び、駅舎の一画に集められていた。子供たちは泣き、辛抱強いご婦人たちは唇を結んで静かに待ち、気の短い男たちは怒鳴っていた。

「あそこに、赤いマフラーをした女の人が見えるでしょう」

ママはその様子を眺めながら言った。わたしが頷くと、「あの人はさる国の王女なの」と囁いた。見ると、その女性は壁に寄りかかり、小さくうつむきがちに口を動かしている。

「王女?」わたしの反射的な繰り返しににこっと笑い、ママは話し始めた。

「私たちの知らない遠い国の小島の王女。とても歌のうまい、元は町の仕立て屋の娘だったんだけど、その歌に王子様が惚れ込んで無理やりお姫様にさせられた。だけどその王子はなかなかの悪い奴で、即位してからは、その王女をずっと塔に閉じ込めて、歌を歌わせた。必ずきまった時間に歌えと命じて。朝、昼、晩。その島にはだから、時計のように王女の歌が流れた」わたしは想像した。塔から流れる彼女の物悲しい歌を。でも、上手に思い描くことはできなかった。その間、赤いマフラーの女性は、確かに何かを口ずさむように唇を動かし続けていた。

「それで、どうやってこの町まで来たの?」

ふふっとママは微笑み、「それはまた今度ね」と言って、駅に背を向けた。「仕方がない。運動だと思って、もう少し歩きましょう」

小さな農村に着いたときには、日が暮れかかっていた。疲れ切った人たちが、家の戸を叩いて、泊めてもらえるように頼んでいた。でもどこもいっぱいで、多くの人は締め出された。お金を渡している人もいたけど、「紙幣なんてすぐ紙屑《かみくず》になるよ」と、にべもなく断られていた。どこもかしこも人でいっぱいだった。納屋《なや》に集会所、教会に馬の小屋まで。屋根のある建物には必ず人がいたし、屋根のない道端にも、疲れ切った人々が座り込んでいた。ママも何軒かの戸を叩いてお願いをしていたけど、首を振られるばかりだった。ある家では、ママのトパーズのイヤリングをせびられた。それでも、ママは断られるたびに笑顔を見せて、「ちょっと運が悪かっただけ、大丈夫よ」とわたしの頭を撫でた。

一軒だけ、わたしたち母子《おやこ》の様子に同情したのか、納屋を貸してくれたおかみさんがいた。納屋といってもかなり狭くて、自転車や荷物を中に入れたら、ほとんど立って寝るしかないようだった。ママはわたしを納屋の中で寝かせると、自分は戸の前でコートをかぶって座り込んだ。

翌日もわたしたちは歩いた。ママは笑顔は絶やさなかったが、口数は減っていった。道はときどき軍によって規制されていて、思うような方向に進めないこともあり、わたしは自分がどこを歩いているのか、よくわからなくなってしまった。もしかするとママもそうだったのかもしれないが、決して顔には出さなかった。

人だかりができている場所があり、わたしたちが覗き込むと兵士が何人かいた。フランス軍の記章をつけている。原隊からはぐれてしまったということだった。間抜けな話に聞こえるが、当時はそんな兵士が多く出るほど、混乱した情勢だった。

「ロワール川に兵士は集結しつつあるらしい」

人々は口々に噂していた。ママは彼らと長く話し込み、地図に印をつけながら、進むべき道を決めたようだった。

「ママは迷子になったの？」

わたしが訊《き》くと、「みんな迷子なのよ」とママは答えた。

その日は運よく空いている駅舎に泊まることができた。列車が来ればと思ったが、一本も来ず、同じような人々が毛布にくるまり、肩を寄せ合い眠った。

次の日、見晴らしのいい一本道を歩いていると、遠くからモーター音がした。

「爆撃機《スツーカ》！」

誰かが叫ぶと同時に、ママはわたしを抱え、草むらの中に飛びこんだ。ぎゅっと覆いかぶさる。心臓の音がする。あたたかい息が耳元をくすぐり、こんなときなのに、なぜか笑い出しそうになる。でも、そんなことができるわけがない。ママの息遣いと心音の合間に、飛行機のプロペラ音が低く遠く近く響く。飛行機は通り過ぎたようだったが、ママはしばらくそのままだった。乾いた音が、向こうの方から聞こえてくる。

ようやく立ち上がると、他の人たちも呆然としていた。ドイツ兵へ呪詛《じゆそ》の言葉を投げかける人もいた。意外と子供は平気な顔をしていて、何かのアトラクションを楽しんだかのように、興奮した面持ちで走り回っていた。

「ケガはしていない?」

土埃《つちぼこり》がついていたが、擦《す》り剝《む》きもしていなかった。よかった、と言ったのも束の間、少し進むと、何人かの人が倒れていた。爆撃機《スツーカ》は銃撃をこの辺りで行ったらしい。ママはわたしが死体を見ないように前を塞ぎながら、気の利いた言葉をかけようとしたが、何も言えず、その惨状に立ち尽くしていた。誰かの泣き声が聞こえ、大人たちは十字を切りながら、死体を道の真ん中からどかしていた。それ以上する余裕は彼らにはない。ごろんと、丸太のようにそれらは転がっていた。ママがぎゅっとわたしの手を握った。

エマはその中に立っていたのだ。倒れ伏す人々の間に、どこかの国の英雄のように、しっかりと、それでいてすずやかに立っていたのだ。金色の癖っ毛を、風になびかせ、地面を踏みしめ、空を見上げて。目を引いたのは真っ白いワンピースだった。肌は汚れ、爪の先まで真っ黒だったのに、その服だけは輝いていた。わたしは彼女から目を離せなかった。

彼女はゆるゆると顔を動かした。わたしと目が合った。口元が動いたが、何と言ったかはわからない。わたしと同い年ぐらいに見える。その瞳は、一度だけ旅行で行った、ナントの海みたいに鮮やかな青だ。わたしは突然、彼女の顔に触れ、その瞳をとても近くで覗き込みたい衝動に駆られた。だけど、足が地面に刺さったように、動くことができなかった。頬が赤くなり、息も止まったのかと思った。

「大丈夫？」

真っ先に駆け寄ったのはママだった。少女はその声には反応しなかったが、ママが肩をつかむと、小さく頷いた。靴はボロボロで、わたしたちと同じように、ずっと遠くから旅をしてきたみたいに見えた。

「お母さんは？　お父さんは？　名前は？」

矢継ぎ早にママは質問した。少女は「エマ」と言い、それから、死体のひとつを指差した。男がひとり、女の身体に覆いかぶさるようにして死んでいる。ママはエマの顔を隠すように自分の胸に抱きしめた。エマは青い海を湛《たた》えた瞳をまばたきすることなく、ママの胸の中でまっすぐとして見つめていた。

「マリーよ《Elle s'appelle Marie》」

ママはわたしの肩を抱いてそう紹介した。わたしはママを見たが、ママはわたしを見なかった。わたしはエマに手を差し出した。だが、彼女は何か奇妙な生き物の動きでも見るようにしたまま、動かなかった。

「あの子をそのままにはしておけない」

少し離れた場所で、ママはわたしに囁いた。「少なくとも、どこか引き取り先が見つかりそうな場所に着くまでは」こういうときのママは、梃子《てこ》でも動かないのを知っていたので、わたしは頷くだけにした。

それから二時間後、わたしとエマは姉妹になった。ママがそう決めた。途中の道で兵士たちが検問をしていて、わたしたちのことを訊《たず》ねられたとき、ママはそう答えたのだ。ええ、姉妹なんです。年子で。あまり似ていないんですけど、ええ、だけど本当に仲が良くって。この前は同じ夢にうなされていたみたいで、そうなんです、二人同時に起きて、私のところに抱きつくぐらいで。兵士たちは、ママの嘘に少し顔をほころばせ、「お気をつけて、マダム」と、丁寧に送り出した。

エマはとにかく無口だった。わたしとそんなに歳は変わらなかったのだろうが、名前以外は、年齢も、出身も、何も口にしなかった。そのくせ、目にはいろいろな感情がのっていた。苛立《いらだ》ち、敵意、諦観。今のわたしなら、そんな言葉で形容するところだけど、そのころのわたしは、ただ彼女から発せられる淀んだ空気を息苦しく感じ、そんな子供をためらいもなく自分の手に引き取ったママに複雑な気持ちを抱き、でも彼女に見据えられると頰が赤らみ身体が動かなくなる自分に気づき、この胸のつかえのようなものが何かわからず、ただただ目を背《そむ》けた。

「私の父さんは郵便配達夫でね、仕事を辞めるまで、一日も休んだことがなかった」

ママは、そんなエマにも話をして聞かせた。いつものやつだ。「面白い話をしてって言うと、キツツキ《ピヴェール》と呼ばれてたおじいさんのことを話してくれた。よく大工仕事を庭でしてて、トンカントンカンうるさいから、そう呼ばれてたの」

　エマは聞いているのかいないのか、まっすぐに前を向いて歩いている。

「ピヴェールはとにかく手紙を受けとらなかった。『捨てて《Jette》くれ、そんなもん！』が口癖で、年金の受け取りサインもしないし、役所からの督促状もつっ返す。新人の配達夫は、どうやって彼の郵便受けに手紙をねじ込むか考えることが最初の仕事だった」

　どうして彼は受けとらないのだと思う？　とママはエマに訊いた。もちろんエマは答えない。わたしはその話は何回も聞いたので、わかってるよ、という合図のように肩をすくめる。

「彼は実はこの星の住人じゃなかったの」ママは声をひそめた。「いわゆる、宇宙人《extraterrestre》。言葉はしゃべれるけど、読むのは苦手だった。だから、視界にいれたくなかったのね」

「そのおじいさんは」いきなり、いや、話の切れ目をしっかり選んだのだけれど、どことなく唐突な感じでエマは訊ねた。「どうなったの、そのあと」

「さあ、それは」

　ママは笑顔になった。「そのまま地球で亡くなったのか、それとも自分の星へ帰ったのか。人付き合いも悪かったみたいだから」

　エマはそれきり黙った。ママも話の終わりだったので、わたしたちは、静かなまま歩き続けた。だから、しばらくしてから、「あたしはその話、違うと思う」とエマが話し始めたとき、わたしもママも、何のことを言っているのか最初は気づけなかった。

「そのおじいさんは読めないふりをしたんだよ。きっと今まで、悲しい手紙しか受けとってこなかったんだ。誰かが死んだとか、お前が嫌いだとか、そんな。だから読みたくなかったんだ。誰かがそのおじいさんのために、手紙を読んであげればよかったんだ。おじいさんが宇宙人だろうがなんだろうが」

わたしたちは示し合わせたように、ぴたりと立ち止まった。ママはまじまじとエマを見つめ、「そうね」と呟いた。「誰かがそうしてあげれば、彼は少しは幸福だったかもね」

地図とにらめっこしていたママは、「そろそろ川が見えるかな」と、辺りを見回した。川に近づくにつれ、人の流れは滞留した。みな口々に何かの噂をしていた。それはパリが陥落したとか、ドイツ軍が近くの村を略奪したとか、イギリスが降伏したとか、とにかく様々であったが、悲観的な内容という部分では一致していた。ぼんやりと流れの淀みにたたずむ人たちは、きっとわたしたちと一緒で、何日か歩き続けた人たちだった。どこへ？　南へ。とにかく南へ。このピクニックには目的地がなかった。幸運な人は知人の家にもぐりこめた。賢明な人はパリに留まり続けた。だが、多くの人々は、ただただ逃げるために歩いていた。なにから？　ドイツ軍から？　いや、違う。今ならわたしにはわかる。人々は嘘から逃げていた。自分たちがつき続けていた嘘から。

「川を越えたらもうすぐだから」

ママはそう言った。だが、そうはならなかった。「橋が落とされたらしい」と、誰かが言い出した。確かに、人々の列は遅々として進んでおらず、不満が漏れ始めていた。

「少し様子を見てくる」ママはわたしに自転車を渡し、絶対に動かないようにと命じた。それからエマの頭を撫で、「すぐに戻るわ」と、背中を向けた。エマは相変わらず、何も反応せず、人ごみに消えていくママの背中を見つめていた。

わたしは近くの崩れた塀に腰かけ、キャンディを舐めた。エマは立ったままだ。カバンを探ると、もうひとつ出てきたので、エマに差し出すと、彼女は黙って受けとり、口に入れた。不自然なほど赤い唇から、ときどき、ちらりと舌が覗き、カラコロンと飴玉と唾の音がする。

「あなた、どこの出身なの」

目をそらして、わたしは訊ねた。エマは答えない。カラコロン。「ランス？　ルアン？　シャルトル？　それともフランス人じゃない？」

「宇宙人《Extraterrestre》」

ぶっきらぼうにエマは答えた。わたしは黙ったが、彼女の唇のはしっこがちょっと持ち上がったので、冗談だということに気がついた。日は落ちかけ、ふたりの影が、ゆらゆらしている。わたしは隣の影の縁を、足の先で撫ぜようと伸ばしてみる。

座ったら、と言いかけたところで、鋭い音がした。遠く前の方の人たちがばたばたと倒れた。「ドイツ軍だ！」誰かが叫んだ。爆撃機《スツーカ》の音はしなかった。機関銃だった。逃げ惑う人々の様子を、わたしは呆気にとられて眺めていた。女たちは叫びながら近くの林の中に逃げこんでいた。少し大きい子供たちは、溝の中に飛びこんだ。悲惨だったのは車に乗っていた人たちで、抜け出して物陰に隠れる不格好な長い時間に、銃弾が身体を貫いて血を流しながら倒れた。

「マリー！」

叫んだのがエマだと気がつくのに時間がかかった。彼女はわたしを身体ごとつかんで、塀の向こうへと跳び越えた。銃撃は続いた。少なくとも音は続いた。叫び声と異様な沈黙が交互に訪れた。エマはわたしの頭を抱えたまま倒れ伏していた。甘い匂いはキャンディだ。心臓の音がする。エマのものか、自分のものか、よくわからない。重なって、息が苦しくなる。叫び声。キャンディ。心臓。沈黙。沈黙。沈黙。立ち上がるべきかもしれない。でも、わたしはそのとき、もう少しこのままでいたかった。彼女の息遣いを、においを、感じていたかった。

人々のざわめきを合図に、わたしたちはそろそろと立ち上がった。見渡すと、何人かは倒れたまま動かず、何人かはうめき声を上げていた。母親が子供を抱いて泣き叫んでいた。男のひとりが、近くで呆然としているフランス軍兵士につかみかかっていた。ママ、と小さな男の子が泣きだした。ママ。ママ。わたしが駆け出そうとすると、エマが腕にしがみついてきた。

「行っちゃダメ、まだいるかも」

わたしは彼女を振り払った。駆け出し、転び、起き上がると、死体が目の前にあった。目は開かれ、空中を見つめていて、泥か煤《すす》にまみれて顔は黒かった。立ち上がろうとしたが、できなかった。自分の足が震えていることに気がついた。気がつかなければよかったとわたしは思った。気がつかなければ、まだ走れたかもしれない。ママを探しに行けたかもしれない。でも気づいてしまった。足は震えている。立ち上がれない。走り出せそうにない。

「マリー」

いつの間にかエマが近くに来ていた。わたしの頭を軽く撫でた。その仕草は誰かのことを思い出して、涙が出そうになったけど、そんなことで泣くのは恥ずかしくて、何度もまばたきをした。

「あたしが見てきてあげる」

彼女はそう言ったかと思うと、止める間もなく、軽やかに走り出した。死体を二つ跳び越すと、彼女の姿は遠くなって消えた。

どれぐらい待っただろうか。今でも、あのときの空白の時間の長さを思い出せる。果てしない時間だった。恐竜が誕生して絶滅するぐらい。心細く、帰ってきて欲しい気持ちと、二度と誰にも会わず、たったひとりで元来た道を引き返し、我が家のベッドで眠りたい気持ちと、エマの赤い唇と心臓の音を、胸に抱えてわたしは待った。

エマは帰って来たとき、手にトパーズのイヤリングの片方を持っていた。ママが大事にしていた、あのイヤリング。首を振り、これを渡された、とわたしに差し出した。他には何も言わなかった、とも付け加えた。彼女の腕には、べっとりと血がついていた。わたしは叫び、駆け出そうと立ち上がり、転び、エマに抱きとめられた。

「行かないで！」彼女は必死に叫んだ。「あなたも帰れなくなっちゃう！」

わたしは口を大きく開け、泣き声とも吠えとも区別のつかない、奇妙な音を上げ続けた。喉も嗄《か》れ、腕に力も入らなくなったころ、ようやくその音は止まった。エマはわたしの肩に腕を回し、ゆっくり立ち上がった。わたしたちは歩き出した。ふたりで。ふたりだけで。

わたしはその黄色い宝石を、歩きながら、口に入れた。キャンディのように。カラコロン。

味はしない。溶けもしない。口の中で、残り続ける。

2（1）

そこで一番の早起きはシスターではなくエマだった。子供たちの寝泊まりする部屋の壁には隙間があって、朝日がちょうど昇るころ、ひと筋、光が差しこむ。それを合図に、むくりとエマが起き上がる。他の子供たちを踏まないように、そっと、軽やかに、バレエでも踊るかのように、部屋を抜け出る。

仕事はたくさんあった。水汲み、雌鶏《めんどり》の卵集め、洗濯、かまどの火つけ。郵便が届いていればそれを仕分けする。手際よくエマはそれらをこなし、手伝いの女たちが起きるころには、おおよその支度が整っていた。女たちはエマの頭を撫で、朝ごはんの支度をする。

他の大人たちはここを「孤児院」と称した。シスターはただ単に我が家《ma maison》と呼んだ。わたしとエマは、一か月ほど前にここに連れてこられた。それまではエマが頼み込んで、いろいろな家々に泊めてもらったり食料をもらったりしていたから、落ち着ける場所ができたのは、なんにせよほっとする出来事だった。子供たちの中では、わたしたちが年嵩《としかさ》で、「みんなで協力しましょう」と、シスターは肩をぽんと叩いた。

それに応えるように、エマはよく働いた。下の子供たちの世話もよく焼いた。あの仏頂面が嘘のようだった。いちばん泣き虫なのはルイで、おねしょをしたと言っては泣き、風が吹いたと言っては叫び声を上げた。エマはそのたびに彼を抱きしめ、背中を撫でながら、「大丈夫」と声をかけた。エマの周りには小さな子供たちがいつもいた。

わたしはほとんど何もしなかった。それでも、誰も何も言わなかった。ここにいる子供たちはほとんどが同じ境遇だったけれど、わたしには誰もがやさしくしてくれた。ぎゅっと抱きしめてくれたり、スープを少し多めによそってくれたり、目の前で楽しい話をしてくれたり。この場所では誰も嘘はつかなかった。ただ、本当のことも話さなかった。

エマはわたしをよく散歩に連れ出した。近くには川があり、平和そうに夏の光をきらきら反射させていた。エマはコツをつかむと、そこで釣りをするようにもなった。釣りをしている間、わたしはぼんやりその光を瞳の中にためていた。ためすぎると、ときどき涙がぼろぼろこぼれた。こぼれると、エマはそれにすぐ気がついて、わたしの傍に屈《かが》み、そっと人差し指でそれを拭《ぬぐ》った。拭っても拭っても止まらないときは、わたしの頬を両手でつかんで、小さな赤い舌で舐めた。

わたしたちは自分たちがいる場所を正確には理解していなかった。ロワール川を越えたのかどうかさえ知らなかった。ヴィシー政権によって定められた分離境界線はそのころはまだ曖昧で、大人たちはときどき、自分たちのいる場所が「どちら側になるか」不安そうに話をしていた。わたしは興味がなかった。線をまたいだあちらもこちらも、わたしにとっては関係がなかった。

エマがミツバチのように忙《せわ》しく働いている間、シスターは礼拝堂の掃除をしている。「朝の清め」は、彼女の仕事で、絶対に他の人に入らせなかった。シスターは一般的な修道女からすると少し変わっていた。子供たちにはやさしく、大人たちにとってもそれなりの人望があったからこそ、このような施設を運営できたのだろうが、自分のことは多くは語らず、ひとりでいることを好んだ。わたしたちは彼女をその服装から〈シスター〉とは呼んだけれど、本当のところはよくわからない。くたびれた緑のスカプラリオを着て、聖書をどこからでも諳《そら》んじることができた。ちりちりとした赤毛は、ベールの下からでも頑丈そうな雰囲気をしていた。瞳は黒に見紛うほど濃い茶色で、肌の皺の様子は相応の年齢を感じさせたが、動きは大げさで力強く、頼もしさすら感じた。

日々は鈍重に過ぎていった。それでもわたしは少しずつ、自分にできることを増やした。水汲み、薪《まき》集め。ひとりでできることを好んだ。エマは子供たちにはやさしかったけれど、相変わらず無口ではあった。でも、いつも遠くからわたしのことを見ていた。困ったときにはいつの間にか傍に来て、手を添えてくれた。それでもやはり、わたしは何もしない時間の方が多かった。

「エマとマリーはきょうだいなの?」

子供たちはときどき、不思議そうに訊いてくる。わたしは「そう、年子なの」と頷き、エマは黙ってわたしの服の裾《すそ》をつかんだ。似ていない、と子供たちは笑う。そうね、とわたしは言う。わたしの鼻は鷲鼻《わしばな》だし、唇だって薄すぎる。汗をかいたときにエマの頬に浮かぶバラのようなそばかすもない。青白く、骨まで透けてしまいそうだ。パパ譲りの黒い髪は陰気で、鏡を見るだけでげんなりする。そう、エマとわたしは違う。でも、わたしたちは姉妹のままだった。「わたしがお姉さん」エマは、ふたりのときにそう言った。「だからマリー、安心して」

自分の生活が少し変わったのは、子豚が来てからだった。そのころ、フランス南部では、イタリア軍まで進駐していた。もちろん、当時のわたしたちに、そんなことは知る由《よし》もない。大人たちだってどこまでわかっていたか。幸いにも、どちらの軍もシスターの孤児院まで来ることはなかったが、時折の銃声や飛行機のプロペラ音は、明らかにみなの生活をむしばんでいた。

子豚は当たり前だが食用で、建物の裏手の広場に柵が立てられた。わたしはエサやりの当番になり、食べ残しや野菜クズを子豚にあげた。豚はわたしが思っているよりもきれい好きでかしこく、糞尿が残っている場所には決して近寄らず、わたしの顔を覚えると、掃除をしろと言わんばかりに鼻を鳴らした。わたしはシスターに箒《ほうき》やバケツを借り、毎日掃除をした。子豚は喜んだかどうかはわからないが、すくすくと大きくなった。

ある日、大人たちが子豚を抱えていたので、わたしは叫んだ。ここに来てから、初めて大きな声を出した。大人たちはわたしも抱きかかえ、子豚を柵の中に戻してみせ、大丈夫だからとなだめるように言った。わたしはエマが来るまで、なおも叫び続けた。

子豚は食べるにはまだ早かったが、順調に育ってきていたので、近くの農家に売られる予定だったらしい。シスターは「残念なのですが」とわたしの肩に手を置き、わたしはその手を振り払った。わたしは寝起きする部屋の隅に隠れ、食事もとらなかった。

二日目の晩、エマが皿を持ってやって来た。「シチューよ」と彼女は言い、目の前に置いた。

シチューには、大きな豚肉の塊が入っていた。わたしは思わず声を上げた。

「安心して、あの子豚じゃない」

エマはにこりともせずに言った。

「わたしに怒ってるの?」

皿から目を背けながら、わたしは訊ねた。「我儘《わがまま》だって言いたいんでしょ」

「違う」エマはどかりと腰を下ろした。「あの豚を売ったお金は、この家の食費に回すはずだった。でも、あたしがそれをやめさせた」

「どうやって」

「売って手に入れるはずだった分だけ、あたしが稼げばいい」

どうやって、とまた言いかけ、わたしは口を閉じた。エマの瞳は、ぎらぎらと燃えていた。

「だけど、理解して欲しい。この豚は、あの子豚の代わりに犠牲になった。この豚は、時間の差こそあれ、今夜は死ななくてもいい豚だった。マリーには、それを忘れないで欲しい」

「やっぱり責めているんじゃない」

わたしの言葉に、マリーはいっとき顔を伏せ、でもすぐに、あの瞳で見返した。「違う」彼女は断定するように言った。「あなたにはそうやって生きて欲しい。何かを犠牲にしてでも、その代わりにあなたが生きるなら、あたしはそれでいい。そしてときどき、その犠牲の何かに、憐れみの目を向けてくれればいい。歩けないなら、あたしがあなたの靴になる。立ち上がれないなら、杖になる。あなたが開ける門の鍵を、あたしが探し出す」

エマは豚肉をフォークで刺し、わたしに突き出した。わたしは口を開けた。エマは無造作にそれを入れる。肉が喉の奥に詰まり、わたしはむせる。エマはわたしの肩をつかんでいる。その塊がわたしの口の中で裂かれ、喉を通るまで、エマは瞬きもせずに、ずっと見つめる。

翌朝、子豚は元通り柵の中にいた。わたしとエマは、彼の名前を考え、ダニーにした。いい名前だね、とエマは言い、由来については何も問わなかった。ダニー、とそのブチのある肌を撫でるとき、わたしはママを思い出した。もしかしたらこの子も日曜の安息日に、人間に戻る瞬間があるのかもしれない。そうなればいいとわたしは思い、気が向いた夜中に、エマとふたり、豚が寝ている様子を眺めた。豚はすやすやと、何も知らず、ただただ眠っていた。エマはわたしの手を握り、わたしはエマの手を握った。

ヴィクトルが来たとき、夏の盛りはとうに過ぎていた。

見つけたのはエマだった。いつもの川辺の草むらから、軍靴が覗いていた。エマは釣竿を、わたしはバケツを前に抱え、恐る恐る草をかき分けた。それがヴィクトルだった。フランス軍の軍服を着ていたものの、ボロボロで、全くの手ぶらだった。銃はおろか、ナイフすら持っていなそうだった。

「死んでる？」

エマは手早く男の口元に手を当て、「息はしてる」と答えた。「大きなケガをしているようには見えないけど」

わたしは立ち尽くしていたが、エマは慣れた手つきで男のポケットやら服の中を探った。「認識タグ《plaques d'identité》でもあるかと思って」エマの言う通り、小さなプレートが出てきた。「1940 Victor Bertrand」と彫られている。

「水を汲んできて」

わたしはエマに言われるがままにバケツに水を入れた。エマはそれをつかむと、間髪を容れずに男に水を浴びせた。男は叫び声を上げ、跳ね起きた。

「静かにした方がいい」

ヴィクトル、とエマは顔を近づけ呼びかけた。「ドイツ兵がどこにいるかわからない」

彼は状況が飲み込めていないようで、立ち上がる気配はなかった。

「ここは非占領地区《non occupée》か？」

そうヴィクトルは訊ね、エマは「たぶん」と答えたあと、「でも、本当のところはわからない」と続けた。ヴィクトルの顔は険しくなった。

「すまないが食べるものは何かあるかな」

わたしたちは顔を見合わせた。お互い何を考えているかはわかった。

「あるにはあるけど」わたしは言った。思ったよりも小さな声になり、わざとらしく咳ばらいをした。「シスターにお願いをしないと」

「それは困るな」

ヴィクトルはうつむいた。わたしはエマの肘をつついた。関わらない方がいいと示すように、バケツを拾って二、三歩下がった。でも、エマはわたしと同じようには動かなかった。エマはじっと、ヴィクトルを見ていた。初めて会ったとき、わたしがエマにそうしたように。

「少し待ってて」

彼女は駆け出した。わたしは手持ち無沙汰になったが、話すことは躊躇《ためら》われた。彼も黙ったまま、遠くの川を見ていた。わたしよりは年上だったが、兵士というには若すぎるように思えた。顔はひっかき傷だらけで、腕はわたしと同じくらい細かった。軍服からのぞく首元は、見ていて痛々しかった。

「君の名前は?」

「マリー」すぐにわたしは答えた。「さっきの子はエマ。わたしの姉」

「そうか」

似てないね、と続けるのかと思ったが、ヴィクトルは「きょうだいはいいものだよ」と呟いた。

「そのカバンは何か大切なものでも?」

彼はわたしの肩掛けカバンを指差した。特には、とわたしは短く答えた。

「君たちの家は」

ヴィクトルはそう続け、わたしは自分たちの住む西の方を指差した。

「教会に住んでるのか」

そうではない、とわたしは答えた。

「シスターと言ってたから、てっきり」ヴィクトルは言った。「もしかして、君たちは孤児なのか」

そう訊いてから、慌ててヴィクトルは「失礼なことを訊いた」と訂正した。わたしが口を開きかけたところで、エマが戻ってきた。

エマが持ってきたパンのかけらを、時間をかけてヴィクトルは食べた。どこから、とわたしが問う前に、「夕飯の残りを少しずつ貯めてる」とエマが言った。

「ありがとう」

いくぶん血の気の戻った顔で、彼は言った。「僕はヴィクトルだ」そして、自分のタグをエマが持っていることに気づき、苦笑いを浮かべた。エマは「ごめんなさい」と彼に返した。

「訳あって部隊から離れてしまって、ここに迷い込んだんだ」

彼はよろよろと立ち上がった。「君たちに迷惑はかけないようにするよ」

去って行く彼の背中を、エマは長く見つめていた。わたしが彼女の腕を引っ張らなければ、そのままそこに立ち続けていたかもしれない。

「脱走兵かな」

空《から》のバケツを持った帰り道、わたしがそう言うと、エマは首を振って「わからない」と答えた。

「捕まらないといいけど」

エマの顔をうかがうように呟いてみると、彼女も、そうね、と言葉をこぼした。

だから、またヴィクトルに会うとは思ってもみなかった。助けたのは、エマだった。この辺りの外れには墓地があって、戦争の前には墓守が住んでいたようなのだけれど、このどさくさでどこかに消えてしまっていた。小屋は空き家で、場所柄もあって普段は誰も近寄らない。人が隠れるにはうってつけの場所だった。

「マリーを巻き込みたくはなかったから」

エマはわたしの顔を見ると、そう言った。わたしが気づいたのは、ヴィクトルと会って一週間ほどした晩だった。夜は徐々に長くなってきていたものの、満月で、驚くほどまわりをよく見渡せた。みなが寝静まったころに、エマが起き出して、あのバレエのような足取りで部屋を出て行った。その日、寝つきの悪かったわたしは、彼女の静かな足音を聞き、そっと後をつけ、ヴィクトルに食べ物を持っていくエマを見つけたのだ。小屋に入る前に、わたしはエマの腕をつかんだ。

「見つかったら、彼はきっと殺されてしまう」

エマの声は小さかった。わたしは彼女に顔を寄せた。

「だけどエマだって危ないじゃない」

わたしの言葉に、エマはうつむいた。そんなことはない、とエマに言って欲しかった。自分にはこんな方法がある、だからマリーは心配しないで。そう断言して欲しかった。でも、彼女は顔を上げない。

だから、ため息を吐《つ》き、「わたしも手伝う」と言った。「今度は、わたしがあなたを助ける」

それから、わたしたちは交代で、ヴィクトルに食事を届けるようになった。夕食のとき、足元に袋を置いて、お互いのパンをちぎってこっそりと入れた。スープは、バケツをきれいに洗って、水汲みに行くふりをして届けた。肉が出ることはほとんどなかったけど、魚釣りはエマの役目だったから、数を誤魔化すのは簡単だった。シスターが野ウサギを捕まえてふるまったときには、わたしたちは焼かれたそれを服の中に忍ばせた。

少ないとはいえ、まとまった食事にありつけたことで、ヴィクトルは徐々に元気を取り戻してきた。彼はおしゃべりが上手で、歳の離れたお兄さんのことを話してくれた。ヴィクトルのお兄さんは怖いもの知らずで、上級生の弁当を糞まみれにしたことや、それの仕返しで追い詰められたとき、窓から「コケッコー」と叫びながら飛び降りた話とか、面白おかしく話してくれた。お兄さんは軍隊に入り、その怖いもの知らずさは勇猛さに変わり、本当か嘘か、あのマキシム・ヴェガン将軍にお褒めの言葉を頂いたとまで吹聴していたそうだ。

「兄貴とはしばらく会ってないから心配なんだ」ヴィクトルは目を伏せた。「彼のことだから、きっと大丈夫だろうけど。だから、君たちきょうだいは仲良くいなよ」

ヴィクトルは猟の仕方を教えてくれた。彼が作ったのは弓矢だ。小屋の中で何もすることがない間、木の皮から繊維をとり、それをよじって弦《つる》をつくったのだと言った。

「僕の故郷には森があって、子供のころは兄貴と一緒に走り回ってたんだ」

弦をはじきながらヴィクトルは言った。「兄貴は器用でね。つくり方もみっちり仕込まれた。

野ウサギぐらいだったら、これで仕留められるよ」

射ち方もヴィクトルは教えてくれた。墓地には葉の落ちた枯れ木があり、その幹に×印をつけて、わたしたちは練習をした。弦は、人差し指・中指・薬指をかけて引き、自分が思ってるよりももっと奥まで肘を引く。的からは絶対に目を離さない。わたしたちは木の×印に何度も何度も矢を放ち、運よく刺さったときがあれば、笑い合った。

ヴィクトルの器用さは機械にも及び、壊れていたラジオも直してしまった。電源をつけると、フランス語の歌が流れてきた。占領期において、ドイツはプロパガンダ放送も行っていたが、飴とムチのように、音楽番組を流し、その中にはもちろんフランスのものも多く含まれていた。ラジオはドイツ語で話されるものだと思っていたわたしはかなりびっくりした。ヴィクトルはその歌を口ずさみ、エマもそれに重ねるように合わせた。ヴィクトルは北部の農村の出身と言っていて、ラ・マルセイエーズを飲んだくれの自分の父親にかえて歌ってみせたときは、わたしたちはお腹を抱えて笑った。

エマとわたしはかなり慎重に行動していた。特にエマは徹底していた。たとえ二人きりのときでも「ヴィクトル」の名前は出さず、「あの」とか「例の」といった言い方をした。幼い子供たちはそこまで気にすることはなかったが、大人たちには注意したため、自然とエマとの会話も減っていった。けれど、それはエマと離れたというわけではなかった。むしろ、些細な彼女の挙動を、わたしは敏感に感じとるようになった。目配せ、髪をかきあげる仕草、つま先のコツコツ。わたしはエマの見せるその様々な変化に、彼女の種々の感情を見出し、ひとつひとつを心に刻んでいった。

　そうやって気をつけていたから、シスターが墓地に来たときにはびっくりした。わたしは袋に昨日のパンの残りを抱えていた。

　シスターは、わたしには気がつかなかった。背中をまるめ、粗末な墓石の前で一心に祈っていた。その日は風がごうごうと吹いている日で、彼女のスカーフは生き物のようにゆらゆらなびき、わたしは思わずその端っこに手を伸ばしそうになったけれど、もちろんそんなことはせず、ぼんやり輪郭を失った彼女の背中を見ながら、その場を離れた。遠くから、もう一度振り返ったときにも、彼女はまだ、その場にうずくまっていた。

「子供のお墓があるって、聞いたことがある」

　その話をすると、エマはそう答えた。「ずいぶん昔に亡くしたんだって。ヴィクトルもときどき見かけたって言ってた」

　その日、わたしたちは薪を集めに森に入っていた。自分たちの分もそうだが、ヴィクトルの小屋にもあった方がいいとエマが言い、それもあわせて集めていた。冬はまだ先のようで、確かにその尻尾を見せていた。

「シスターは結婚してたんだね」

　わたしが言うと、エマは薄く笑った。

「結婚しなくたって子供は産める」

　エマのそういう物言いに、わたしはどきりとした。ときどき彼女はそんなことを言った。わたしの知らない世界を、ほらご覧と見せるのではなく、袋の中に無理やり頭を突っ込ませるような。そういうときのエマの顔はおそろしいほど澄んでいて、瞳は遠くを見ている。

「マリーのお父さんって何をしてるの」

めずらしくエマが話を続けた。わたしは、イギリスの宮殿に、と言いかけ、やめた。「わからない」と答えた。「ある日、家を出て、一度手紙が届いたきり。今は何をしているのか」

「そう」

エマは短く言った。しばらくわたしたちは黙った。森には去年の落ち葉がまだ溜まっていて、がさがさと耳障りに音を立てていた。

「あたしも覚えてないんだ」

少し後で、エマが言った。「顔もあんまり。ひとつだけ覚えてるのは、ブドウ畑のこと。広い広いブドウ畑があって、そこにお父さんとふたりでいるの。『どこにいると思う?』ってお父さんの声が聞こえて、あたしは声のした方を探しに行くんだけど、見つけられない。すると、また別の方向から『ここだよ』って声がして、またあたしはそっちに行くんだけど、誰もいない。そんなことを繰り返している思い出」

「お父さんは」

見つけられたの、と訊こうとして、わたしは口を噤《つぐ》んだ。ただ、甘酸っぱい香りの漂う畑を思った。

その深夜、わたしはシスターと礼拝堂で会った。よく眠れず、ぶらぶらと散歩をしていたら、礼拝堂から明かりがもれていたのだ。わたしがそっと中を覗くと、シスターが椅子に腰かけぼんやりしていた。手には酒瓶を持っている。

「寒いでしょう」シスターはわたしに気がつくと、悪びれるでもなく呼んだ。「こっちにいらっしゃい」

彼女からは甘ったるいにおいがした。「リンゴ酒」と、シスターは罎《びん》を振った。「うちの故郷じゃ、これが有名で。リンゴの酵母をつくるのですが、ぷつぷつと話をするみたいでかわいいんです」

わたしはシスターが差し出した罎をよく眺めた。どろりとしたような黄金の液体があるほかは、なんの声もしない。「お酒になったら罎の中の声は消えます。代わりに空から降ってくる。『からだを殺しても、たましいを殺せぬ者どもを恐れるな』」

「シスター」

なんでしょう、とわたしの呼びかけに、彼女はにこりと笑った。「シスターは、嘘をついたことがある?」

「あります」

彼女は即答した。「大きな嘘をひとつ。小さな嘘をふたつ。おかげで狭き門がもっと狭くなりました」

「どうして嘘をついたの?」

「必要があったからです」シスターは言った。「それは天国に入るよりももっと大切で、重要なことでした。私は自分のためには嘘はつかない。そういう決まりの中で生きてきました」

わたしは、墓石の前で祈るシスターの背中を思い出していた。彼女の嘘は、それと関係があるのかもしれない、と思った。

「マリーは誰のために嘘をついているのですか」

シスターは訊いた。穏やかだが、しっかりとわたしを見つめている。わたしは答えない。

「エマのためですか」彼女は続けた。わたしは黙り続ける。「お母さんのためですか」わたしは何も言わない。

「それでいいんですよ」と、シスターはわたしの髪の先を少し触った。蝶をつまむような仕草だった。「嘘をつくなら、最後までです。あなたが誰かを愛しているなら、なおさら」

もう寝なさい、と背中を押した。シスターとそんなに長く話したのはそれが初めてだった。

部屋に戻ると、エマが心配そうに毛布の上に座って待っていた。

「どこに行ってたの」

彼女はそう訊き、わたしは「ダニーの様子を見てきた」と嘘をついた。なぜ本当のことを言わなかったかはわからない。でも、ここに来て初めてついた嘘かもしれない、と思った。

ドイツ兵がやって来た。前触れもなく、予感もなく、静かに、友人のようなふりをして。

シスターは子供たちを一か所に集め、部屋から出さなかったから、どんな会話がなされたのか、正確なところはわからない。小型軍用車《キューベルワーゲン》を見たのはエマだった。その軍用車は生き物の唸《うな》り声のような音を立てて現れ、三人の兵士が降りたと彼女は言った。

「ヴィクトルに知らせなきゃ」

エマは小さな子供たちを抱えるようにして呟いた。わたしは頷いたが、どうにも動きようがなかった。ルイが泣き出した。エマは彼の背中をずっとさすっていたが、なかなか泣き止まなかった。徐々に他の子供たちにも不安が伝染していったのか、すすり泣きが聞こえ始めた。

「お話を」エマはわたしに頼んだ。「なにか、お話をしてあげて。明るくて楽しい、そういう」

明るく、楽しい《Brillant et amusant》。エマの赤い唇からこぼれるその言葉は奇妙だった。意味とは裏腹に冷たく、のっぺりとしていた。でも、だからこそよかったのかもしれない。わたしはすぐに口を開くことができた。

「礼拝堂の裏には小さな井戸があるでしょ。そこは小人の国につながっているの」

ねえ、ルイ。わたしは彼の頭に手を載せた。ときどき、ものがなくなることがあるじゃない。ボタンとか、髪留めとか。あれは全部、小人の仕業なの。夜中、あなたたちが寝静まったころに、こっそりと持っていくのよ。それで、いたずらもするの。ほら、リディ、あなたの髪の毛にパンくずがついてる。小人があなたのそのもじゃもじゃの頭の上でパンを食べたのね。あら、ジャン、笑ってるあなたの歯に、ほうれん草が挟まってるわよ。小人が口の中を探検したのね。

次から次へと言葉が出た。わたしは話している間、ママのことを一回も思い出さなかった。でも、どうして彼女が嘘を愛していたのか、その理由はわかる気がした。

シスターが戻って来たとき、子供たちの表情はだいぶやわらかくなっていた。シスターは、エマとわたしの手を握り、「ありがとう」と言った。「心配しなくていい、大丈夫」と彼女は笑った。その口調は、誰かに似ていた。

薪を集めにいく、とエマは言い置いて駆け出していた。わたしもすぐに追いかけたかったが、子供たちがなかなか離してくれなかった。墓地の小屋に着いたとき、もう日は傾いていた。

「マリー」

エマは言った。彼女はヴィクトルと抱き合っていた。小屋の塞がれた窓から、西日の淡い光が差し込んでいて、エマが彼に回す腕を舐めるように照らしていた。その肩越しに、わたしを呼んだ。「無事だったみたい」何が、とわたしは言った。ヴィクトルが、とエマは答えた。ここまではドイツ兵は来なかった、と続けた。でもそうじゃない。わたしが聞きたかったのは、そういうことじゃない。わたしは背を向けた。走り出そうとする足を懸命におさえ、歩き続けた。地面のかたい感触を、しっかりと感じながら、一歩一歩。

部屋に戻ると、シスターがわたしを待っていた。「あなたにお願いしなければならないことがあります」と彼女は言った。「豚のダニーを、私にくれませんか」

あのドイツ兵たちは、今日は近くの村に宿泊しているということだった。だが、折からの食料の供給不足で、彼らをもてなす食材が足りないのだという。

「この家を存続させるためにも、協力して欲しいのです」

シスターはわたしの手を握った。ごつごつとしたそれは、冷たかった。わたしは頷いたが、条件を出した。それは、豚の解体を見せて欲しいということだった。シスターはすぐに返事はせずに、じっとわたしを見つめ、それから十字を切り、「過ちをことごとく洗い去り、我が罪を清めたまえ」と言った。

翌朝、解体は礼拝堂の裏手の小屋で行われた。大人たちが数人がかりでダニーを押さえ込むと、台の上に紐で縛った。まだ大きくなりきっていなかったとはいえ、ダニーはかなり暴れて、押さえるのも苦労しているように見えた。ひとりが梶棒でダニーの頭を殴ると、豚はふらふらと頭を振り、顎が下がった。その隙に、もうひとりの大人が、首をナイフで切った。つんざくような鳴き声が響いた。血が滴《したた》った。けれども、ダニーはまだ動いていた。じたばたと。だがそれもすぐに痙攣《けいれん》のようなものに変わり、血溜まりが地面にできるころには、動かなくなった。目は開いたままだった。

火であぶられ、毛が刈られると、天井に豚は吊るされた。大きな鉈《なた》のようなもので、恐らく村の男たちなのだろう、彼らは手際よく解体していく。思ったよりも血は出ない。豚の面影はどんどんとなくなっていくが、その肉片は、見慣れたものへと変わっていった。わたしはその変化を、ずっと見ていた。目を離さず。まばたきもせず。

それから、ダニーのいた柵の前に座った。糞尿のにおいがまだ微かにして、わたしは胃の中のものを、すべて吐き出した。血のにおいと今朝のパンの味とその糞尿のにおいが混じり合って、わたしにはそれが最高に気分がよくて最高に苦しかった。

そのドイツ兵たちは数日経って、またわたしたちの家を訪れた。今度は、子供たちの前にも現れた。仔細らしく部屋の中を点検したあと、子供たちひとりひとりの様子を観察し始めた。部下らしい男は、勲章をつけた男の指示に従い、忙《せわ》しなく何かを紙に書きつけている。髪の色、瞳の色、病気の有無、背丈、などなど。何かを確かめているようでもあり、何かを探しているようでもあった。

「名前はなんだ《Wie heißt du》？」

勲章の男がエマに訊ねた。彼女は何を言われたかわからなかったようで、首を傾げた。部下らしき男が、フランス語で同じことを繰り返すと、「エマ」と短く答えた。部下の男は、勲章の男を「大尉《Hauptmann》」と呼びかけていた。大尉は隣にいたわたしの方を向き、同じことを訊ねた。

「わたしはマリーと言います《Ich heiße Marie》」

ぎょっとしたようにエマが振り向いた。わたしは彼女の方を見なかった。大尉は意外そうにわたしを見ると、「流暢なドイツ語だ」と言った。

「もちろん、わたしはドイツ人です《Natürlich Ich bin Deutsche》」

わたしはいつも持ち歩いていた茶色い肩掛けカバンの、内側に縫い付けてあったポケットの糸を切った。そして、その中の一枚の紙を、大尉に渡した。ママが、本当に困ったときに使いなさいと、わたしに念押ししたものだ。大尉は丸い眼鏡をかけ直すと、それをまじまじ眺めた。

「確かに。この出生証明書によると、君の父親はドイツ人であるようだね。どうしてここに？」

「父も母もなくしましたので」

理由については言わなかった。それは可哀そうに、と大尉は言い、「君さえよければ、我が国の施設へ送り届けるが」と付け加えた。わたしは頷いた。

「もちろん、書類は精査する必要がある」大尉はわたしの肩に手を置いた。「しかしながら、我々の祖国は、君のような少女に過酷な運命を背負わせはしないだろう。ここで会ったのも何かの縁だ。なるべく取り計らえるようにしよう」

エマがわたしの袖をつかんだが、すぐに離した。わたしは彼女に、自分のカバンを渡した。中身は空っぽだった。いや、もしかすると、キャンディのひとつぐらいは残っていたかもしれない。でも、わたしにはもう必要なかった。一瞬、ほんの一瞬、エマと目が合い、あの、燃えるような瞳で、彼女はわたしの瞳の奥の奥を覗き込んでいた。それは閃光のような短い時間で、輝いたかと思うと、すぐに消えてしまった。もう、わたしは彼女に背を向けていた。

歩き出したとき、奇妙な幻想が胸の奥から湧き上がった。エマが弓を持ち、きりりと弦を引いている幻だ。彼女はわたしの背中に、矢じりの先を向けている。ちょうど彼女の目には、ヴィクトルと一緒に練習した、木の幹につけた×印が見えている。わたしの背中に、心臓へとまっすぐ刺さるように、印はついている。彼女は矢を放つ。それはわたしを射貫く。確実に。わたしはよろける。血が滴る。しかし、わたしは死なない。歩き続けている。どこへ？　わからない。あの日、ただただ南へ逃げ出した彼らのように。

車に乗り込むと、「荷物は？」と大尉が訊いた。わたしは首を振った。

「ありません」

わたしは前を見た。「ありません、なにも」

3（2）

Mへ

この手紙が着いたとき、いったいあなたはいくつになっているのでしょうか。私が手紙を出すばかりで、あなたの返事は来ないから、そんなことばかり考えてしまいます。この国の郵便がどれだけ機能しているかわからないので、何度でも私は送ります。あなたに届くまで。ケガはよくなりましたが、まだ歩くのには不自由をします。でも、こんなさなかなのですから、多少の不自由は仕方ありません。それに、どこへ行くあてもないのですから、歩けなくたって別に構わない。そんなことを自分に言い聞かせています。
ああ、とにかくあなたの声が聞きたい。

いつもあなたを思う　D

＊

夜になると、風が冷たくなってくる。わたしはコートの前を合わせ、人気《ひとけ》のない路地を足早に歩く。オレンジの電灯がカチカチと、今にも消え入りそうだ。

「おかえり、マリー。手紙が来ていたよ」

ゲルダが、玄関先のスツールに腰かけ、わたしを出迎える。相変わらずだ。彼女はもうだいぶ年老いているが不眠症で、うつらうつらしながら、いつもこのアパートメントの玄関に座っている。それなりに細々と家族の入るこの建物で、ゲルダは「おかえり」を言い続け、人々に手紙の到来を告げ続けている。

ポストを覗くと、確かに封筒がある。水色の表面に、崩した字でわたしの住所が書いてある。差出人の名前は「D」、〈西〉の住所が書いてあるが、わたしには心当たりがないし、風景を思い浮かべることもできない。きっと自由で、きらきらと明るいのだろうとは想像できるけれど。

部屋に入るとコートをかけ、ベッドの上で封を開ける。短い手紙だ。すぐに読み終わる。やかんに火をかける。もう一度読む。内容は変わらない。ママ。わたしは思う。でも、この字は見たことがないし、ママはもう死んでいる。戦争が終わる前に。とっくに。

その手紙が届き始めたのは、一年ほど前からだった。「私は無事よ」と、手紙は告げていた。「あなたに会いたい」とも。〈西〉から来たその手紙は、いたずらにしては手が込んでいた。検閲されたように、真っ黒に塗りつぶされているときもあった。そして明らかに、わたしたち母子のことを知らなければ書けない内容だった。やかんが鳴る。紅茶を淹《い》れ、わたしはまた手紙を読む。朝に残したパンの残りを食べる。「B」に少し癖があることに気づく。でも、見覚えはない。

手紙が来る時期に決まりはなかった。何か月も来ないこともあれば、立て続けに毎週届くこともあった。恐らく国家保安省《シュタージ》の連中も中身を確認しているのだろうが、それにしても時期はバラバラだった。手紙は抽斗《ひきだし》の天板を外した奥に隠した。何の秘密も、政治的意図もない手紙だ。でも、〈西〉から届くというそれだけで、わたしは恐ろしかった。噂はいつもこの町に溢れていた。向かいのアパートに住む背の低い男は秘密警察の犬だとか、工場の若いのが一人いなくなったのは尋問を受けてるからだとか、そういった類《たぐい》の話には事欠かなかった。わたしは手紙を何度も読み返しながら、いつの間にか眠りに落ちる。

＊

いとしいMへ

今日はヒバリを見ました。私が知っているよりもきれいな声で歌っています。あなたとヒバリを見たのは、いったいいつのことだったかしら。

すっかりここの暮らしにも慣れてしまいました。戦争は続いているけれど、このあたりはまだ静かです。ヒバリを見たら、昔の歌を思い出し、思わず口ずさんでしまいました。誰にも聞かれてなければいいけれど。

はんだのにおいが好きだ。コンデンサをつなぎ、銅線をそれぞれにつけるときに、じじっと音をさせ、そしてにがくてやわらかいにおいが流れてくる。それを鼻いっぱいに吸い込むのが好きだ。

＊

「私はイヤになっちまうけど」

いつも隣に座るヘルガは盛大に顔をしかめてみせる。「ずっと座り仕事だから、腰が痛くなるしね」

わたしたちはこの工場で、様々な機械製品を組み立てている。今はラジオの担当だ。わたしたちのチームは年齢は高めだが、その分手際がよいことでも知られていて、工場長から表彰されたこともある。部品のひとつひとつを基板にはめ込み、はんだ付けをし、漏れがないかチェックをして次の工程に回す。ヘルガの言う通り、一日中ずっと座って作業をするものだから、帰るころには筋肉という筋肉が強張《こわば》っている。前まではそうでもなかったが、年齢のせいか、その強張り方がしつこくなってきたようだった。

ヘルガとはときどき〈灰色亭〉で一緒にシュバルツを飲む。彼女は酔っぱらうと歌を歌う。

ドイツの古い民謡だ。調子がよければピアノも弾く。わたしは素養がないので、手拍子をするだけだ。誰かが（たいてい中年の男だ）、冗談を言う。「どうしてこの国のトイレットペーパーはこんなに目が粗いんだ？」誰かが答える。「最後の一人のケツまで赤くするためさ！」こんなこと、往来で言ったらすぐに誰かが飛んでくるに決まってる。でも、ここでは自由だ。今のところ。

　ヘルガとわたしは、彼らの言葉に静かに笑う。そういったジョークに付き合うには、わたしたちは少し歳をとりすぎていた。それでもときどき彼らはわたしたちにも声をかける。「お嬢さん《Fräulein》」なんて、ジョッキを片手に、距離はおいて。いくつなの？　へえ、見えないね、〈西〉の雑誌が手に入ったから読みにおいでよ、その片耳のイヤリングはなにかのまじない？などなど。機嫌がよければ軽く相手をし、失礼であれば無視を決めこむ。威勢のいいことを言う連中だが、結局は「党に飼い慣らされた犬ども」だと、ヘルガはこっそり悪態をつく。

　自由は少ないのだろうが、生活は安定している。工場の給与は月四八〇マルク。税金に八マルク。保険料に四八マルク。アパートの家賃は三〇マルク。そのほかもろもろ使っても、多少は貯金できる。でも、物がないから、あまり使うところはない。わたしはこの前、テレビを買った。ヘルガが手伝ってくれて、アンテナをうまく隠しながら設置し、スピルオーバーした〈西〉《Westfernsehen》の番組も受信できるようにしてくれた。ちょうどニュースがやっていて、アメリカがベトナムで戦争をしているという内容が放送されていた。戦争の好きな国だ、とヘルガが呟いた。電波を借りながら、他の国の憂《うれ》いを帯びた放送を聞くというのは、奇妙な体験だった。

わたしとヘルガ以外、工場で働く人はほとんどが家庭をもっている。「私はそういう星に生まれなかったから」とヘルガは笑い、わたしも似たようなものだと思う。星が決めたものに、わたしたちは粛々と従っている。彼女たちは、休憩のときに夫や子供や生活の愚痴をよくこぼす。託児所で服を泥だらけにしてくる、夫は家のことを何もせずに寝ているばかり、何時間も並んだのに大した物が買えなかった。そんなことを、切り口や表現を変えながら、順繰りに順繰りにみなは話していく。ときどき、「マリーは?」というように、目を向けられる。でも、その後で、決まって気まずそうな顔をする。わたしは笑って、毎日つまらないよ、と言う。そんなことないでしょ、自由だし、羨ましい。そんなやりとりが生まれ、目的地を失って、休みの時間は終わる。

はんだ付けをしながら、わたしは彼女たちの会話を思い出す。自由。確かにそうだ。この生活は悪くない。わたしも飼い慣らされている。エマなら。わたしは思い出す。そんなとき、いつも思い出す。はんだのにおい。何かが焦げていく。

＊

わたしのM

今日はとても天気がいい。気分もよくなる。そうすると、きまって昔のことを思い出すの。

たぶん、心に余裕が生まれて、普段は閉じていた蓋が緩み、溢れ出してしまうのね。

あなたに王女の話をしたのを覚えているかしら。閉じ込められて、時間が来るたびに歌を歌うことをさせられた女の人の話。あの駅にいた、真っ赤なマフラーの彼女。もちろん、彼女は王女なんかじゃない。でも、あの赤いマフラーを見たとき、どうしても思い出してしまったのよね。その人は王女様で、気高く、でも悲しかった。私はいつもその姿を見ていた。いろいろなものに搦《から》めとられている彼女を。

結局、あまり書くことがまとまらなかった。まだ腕も調子がよくなくて、そんなにまとまったものが書けないの。あなたと話せたらいいのに。いつまでも、あの家にいたときみたいに。

あなたの守護者　D

＊

アパートメントに戻ると、モリスが扉の前で待っている。わたしは慌てて辺りを見回して、すぐに彼を部屋の中へ押し込む。

「大丈夫だよ、怪しいヤツはいなかった」

笑いながらモリスは言い、わたしを抱く。煙草のにおいと、汗と、それから油。モリスは自動車工場で働いている。

「あのばあちゃんには見られたけどな」

ばあちゃんとはゲルダのことだ。起きてるんだか寝てんだかよくわからんな、とモリスはベッドに腰かける。わたしは荷物を置き、テレビをつける。

「この前の件、考えてくれたか」

わたしは頷く。モリスは、そうか、と短く言う。カーテンが開いていることに気づき、そっと閉める。隙間から外を覗きながら、「協力者とコンタクトがとれるのは一週間後だ」と言う。

「あの場所で手紙のやりとりをしている。君にも伝えるよ」

テレビでは名前の知らない歌手が、聞いたことのない曲を歌っている。モリスとわたしは、しばらくその姿を眺めている。「いい歌だな」モリスが呟く。「そうかしら」わたしは答える。

朝になる前にモリスは帰る。カーテンの隙間から、彼の後ろ姿をわたしは見つめる。モリスと〈西〉で暮らす未来を想像してみる。テレビがあって、今日のように、モリスとふたりで眺めている。「いい話だな」モリスが言う。「そうかしら」わたしは呟く。

＊

私の宝石

今日は市長さんが慰問に来ました。私たちひとりひとりに、激励の言葉をかけてくれました。私のところにも来たので、あなたのことを少しだけ話しました。遠くの孤児院に、はぐれた娘がいると話すと、彼は熱心に頷いてくださって、力になれるかわからないが、確認してみようと言ってくれました。私が無事なことが伝わればいいのに！

今日は天気も悪くて、足も痛みます。最近はまた、歩くことが難しくなってきました。おばあちゃんみたいになってしまった私を見て、あなたはちゃんと気づくでしょうか。

会いたくてたまらない　D

＊

〈西〉から特派員が来ると、工場長が告げる。ケルン近郊の新聞社で、こちら側の生活について取材したいということだった。

「いつも通りに過ごせばいいだけだ」

工場長はそう締めくくり、わたしたちは作業に戻る。

「取材するなら、何か持ってきて欲しいね」隣でヘルガが言う。「会計課のイザベルはあっちに親戚がいるからって、いろいろもらってるらしいよ。ジーンズとか、砂糖とか」

ジーンズと砂糖。わたしはその取り合わせに苦笑する。でも、圧倒的にわたしたちに足りないものだ。ジーンズと砂糖。なければないで何とかなる。それに、お金があっても、こちら側では買えはしない。

翌日、ぞろぞろと記者たちがやって来る。案内は工場長がしていて、部品のひとつひとつがいかに性能がよく、そしてそれを組み立てる我々労働者たちの能力がいかに高いかを、何かの台本を読むように、滔々《とうとう》と告げる。おおよそ、かけてもらったことなどない言葉だ。ヘルガは興奮したように、ときどきわたしの肘をつついて、実況中継してくれる。ほら、あの背の高い記者、私たちの方を見てるわよ。工場長は何で図体だけでかいポンコツの紹介をしてるのかしら。わたしは平静のつもりだったが、あとで検品係から何度かチェックをもらったので、そうでもなかったらしい。

組み立て班のわたしたちの作業を記者たちは興味深そうに覗き込む。一日どのぐらい働くのか、給与はどれぐらいか、休憩は、仕事にやりがいがあるか。そんな質問をヘルガは受けて、いつもの威勢はどこへやら、殊勝に答えている。やりがい、ありますよ。この国の基幹を成す産業だと思います。

わたしの横には女性の記者が来る。わたしは目を合わせず、彼女の「こんにちは《Hallo》」にも、頷くだけだ。わたしは自分のつくっているものを見られたくなかった。向こう側からすれば、こんなもの、粗悪なおもちゃでしかないことはわかっていた。わたしは黙々と作業を続ける。

だが、女性はなかなか向こうに行かない。わたしが怪訝《けげん》に思って振り向くと、彼女はわたしに手を伸ばしている。正確に言うと、わたしの耳を触ろうとしていた。他の人にはガラス製だと説明している、トパーズのイヤリングが揺れる。わたしも彼女を見る。彼女の耳にも、イヤリングがついている。黄色い、キャンディのような。

「マリー?」

彼女が呟いた。金色の癖っ毛。燃えるような瞳。ひどく若々しい顔立ち。

「エマ?」

わたしが口を開いたところで、工場長が呼ぶ。わたしは返事をして、まじまじと彼女の顔をもう一度眺め、立ち上がり、脇をすり抜けた。その短い間に、彼女は言う。「裏切り者《トラディトーレ》」

次に戻って来たとき、記者の一団はすでにいなくなっている。ヘルガが早口でわたしに話すあれこれを、わたしはうわの空で聞く。裏切り者。

＊

私のお姫様へ

すっかり脚が動かなくなってしまいました。朝からずっと雨で、気分も落ち込みます。

昨日は夢を見ました。あの煙突の家に、あなたと二人で暮らしている夢です。そう、サンタクロースをずっと待っていた家です。私が話したことを、覚えていますか? いい思い出なんかひとつもないし、あなたを産んでからは一度も帰っていないけれど。

私は子供のころ、ずっと歌を歌っていました。楽しかったからじゃなくて、楽しくなるために、歌っていました。この病院でも、誰もまわりにいないとき、小さな声で歌います。気分はあまり晴れません。子供のときも、そうでした。あなたも寂しい思いをしてなければいい。あの子と一緒にいられれば、と願っています。

あなたを待ってる　D

＊

アパートメントに戻ると、昼間の記者の女性がいる。ゲルダと一緒におしゃべりをしている。

「ああ、マリー。いまいろいろお話を聞いてたところだよ」

ゲルダはにこにこしながら言う。「ここに住んでたらわからないことだらけなんだね。若いのに頭のいい子だよ」

わたしは彼女の顔をよく見られず、下を向いている。玄関のタイルは割れていて、コンクリがひとつむき出しになっている。わたしはそれをつま先でつつきながら、誰かが何かを言うのを待つ。さようなら、とか、元気でね、とか、そういった言葉。だけど、実際はそんな言葉は交わされず、「ああ私ももっと若かったらねえ」というゲルダの呟きのような嘆きのような声しかない。

「部屋にでも」

わたしがようやくそう言うと、彼女は「そうですね」と小さく答える。わたしが前を行き、階段を上がる。四階。ひんやりとした壁にときどき手をつく。そのたびに、彼女が立ち止まる気配がする。わたしが何かを言うのを待っているかのように。わたしがその場から消えるのを期待しているかのように。

ドアを開けても、彼女は入らない。「ひとり暮らしよ」とわたしが言うと、彼女はゆるゆると首を振った。目にうっすら涙をためている。

「ここの住所は知っていましたし、あなたには会ってお話をするつもりでした」

彼女は言った。「でも、まさかこんな形で、偶然お会いできるとは思ってもみませんでした」

どういうことか、と問いかける前に、彼女は先を続ける。

「母の言った通りです」

わたしの腕を彼女がつかむ。「母が話していた人そっくりです。消えそうなぐらい細くて、孤独で」

彼女は大きく息を吐く。片方だけのイヤリングが揺れている。

「私は、ルイーズと言います。エマの娘です」

＊

Mへ

いよいよ[redacted]してきました。私は[redacted]です。あなたは無事でしょうか。

今日はひとつお話をしようと思います。昔からあなたにはいろいろな物語を話しましたね。小人の話です。またか、と思わないでください。私は実は、本当に小人に会ったことがあるのです。子供のころ、一度だけ。

あの煙突の家にいたころでした。私はいつも通り歌を歌っていました。母は寝室で寝ていました。大きな声を出すと叩かれるので、小さく小さく歌っていました。すると、台所でカタカタと何か音がします。泥棒かと最初は思い、私は近くにあった箒を手に、おそるおそる覗いてみました。そこに小人がいたのです。

小人は残りものの野菜スープを漁っていました。親指ぐらいの背丈で、鍋の縁に立っています。キャベツを手にしたところで、私に気がつき、ぎゃっと声を上げました。聞いたことのない色の声でした。私は笑顔をつくって、敵ではないことを示しました。でも、小人は怖がっています。スプーンを手に、私を威嚇《いかく》しています。私は「大丈夫だよ」と言いながら、でも内心は腹立たしく思いました。せっかく仲良くなろうとしてるのに、そんな態度をとることにです。

私がもう一歩進むと、小人はまた聞いたことのない声色で、大きく叫びました。私は寝ている母に聞かれては大変だと、慌てて近寄りました。すると、驚いた小人は足を滑らせ、スープの中に落ちてしまったのです。鍋の中を見ると、小人は頭を半分ぐらい出していましたが、すぐに消えてしまいました。鍋の中をかき混ぜましたが、彼の姿はどこにもありませんでした。

その夜、野菜スープを、母たちは食べました。私は食べませんでした。母たちは無理やり口にスプーンを突っ込もうとしましたが、私は決して口を開きませんでした。

それから何か変わるのかと思ったのですが、特に何も起こりませんでした。でも私は歌を歌わなくなりました。辛抱強く待つことを覚えました。待っている間は、物語を考えていました。小人の国の物語。そして母が死んだ年、私はあの家を出たのです。

[redacted]が迫ってきました。あなたも無事で。

いつもそばに　D

＊

ルイーズは「すぐに帰るから」となかなか座ろうとしない。わたしは仕方なくコートだけ預かり、やかんを火にかけ、自分はスツールに腰かける。

「手紙が届いていませんか」

彼女は言う。「水色の手紙です」

わたしは立ち上がると、抽斗の天板を外し、手紙の束を取り出す。よかった、とルイーズは安堵《あんど》したような声を漏らす。

「こちら側からすると、〈東〉側に手紙がちゃんと届くのかがよくわからなくて」

「この手紙は何なの?」

わたしが訊くと、「その前にこれを」と、ルイーズは鞄からノートを出す。表紙はずいぶん傷《いた》んでいて、古さを感じさせる。最初のページをめくると、わたしが過ごした孤児院のことが書かれているようだった。

「これは?」

「母が残したものです。生きている間は絶対に私に見せませんでしたけど」

生きている間。わたしの顔を見て、ルイーズは顔を伏せる。「二年前に、病気で」

冒頭を読み始めるが、違和感を覚える。一人称で語られているのだが、エマではなく、わたしが語り手となっているのだ。

「裏切り者」

出し抜けにルイーズは言う。わたしはノートに顔を伏せたまま、目だけ上げる。すみません、と彼女は謝る。

「母は酔っぱらうと、あなたのことをそう言ったんです。フランス人だと偽って暮らしていた裏切り者って」

「そうね」わたしはポットにお湯を入れる。茶葉が浮かんで沈む。「当時は仕方がなかったとはいえ、嘘をついていた。あなたのお母さんにも、他の人にも」

両親はドイツで出会い、わたしが産まれた。ドイツ人の父は反戦運動家で、わたしたちは母の故郷であるフランスに移り住んだ。わたしの市民権が実際のところどっちにあったのかはわからない。だけど、ドイツにルーツがあることがあの戦時下に知られてしまっていたとしたら、ただでは済まなかっただろう。

「でも、それはあなたのことだけではありませんでした。母も悔いていました」

ルイーズは自分のイヤリングを外し、テーブルに置く。トパーズ。ママ。わたしも自分の耳からイヤリングをとる。テーブルに二つの宝石が並ぶ。カラコロン。あのときの冷たい味を、わたしは数十年ぶりに思い出す。

「あなたのお母さんは死んでいませんでした。あの脱出の日、銃撃で死んだわけではなかったのです」

わたしは息を呑む。周りから音が一切消え失せる。死んでなかった？　ママが？　ルイーズは泣いている。本当にごめんなさい。わたしはどうしていいかわからず、彼女の頭を抱きしめる。金色のそれは、甘い香りがする。

「死ぬ前に母は私に話してくれました。少しずつ、何日もかけて」

落ち着くと、ルイーズは話し始める。「母はそもそも孤児でした。親戚の家を転々として、いつも揉め事を起こして、厄介払いをされて。あなたに会ったあの日も、彼女は家出をしていたそうです」

わたしは、死体の中、端然と立つエマの姿を思い出す。太陽に照らされ、影が長く伸び、その影はわたしにまで届いていた。

「だから多分、母があなたたち親子についていったのも、打算的なものだったんだと思います。母は、そのとき着ていた服だって、死体の旅行鞄から盗んだものだって言っていました」

はじめからエマは嘘をついていたのだ。わたしたちがきょうだいになる前から、ずっと。

「このイヤリングも、きっとはじめから盗むつもりで見当をつけていたんでしょう」

エマは銃撃のあったとき、ママの様子を見に行き、倒れている彼女を見つけた。そして、イヤリングを奪った。その片方をわたしに渡したのだ。ママが死んだという証拠として。しかし、彼女は死んでおらず、近くの病院に運ばれた。そして、手紙が孤児院に届き始めた。

「この手紙は、あなたのお母さんが書いたものです。それを、私の母が写しました」

ママはわたしの場所をどうにかして突き止めたのだろう。だが、足のケガで、自分が赴くことはできなかった。時節的にも場所的にも、誰かを遣《や》ることも難しかった。だから手紙を書いた。そして、それをエマが受けとった。孤児院で郵便物を仕分けするのは、確かにエマの役目だった。エマはわたしにそれを渡さなかった。わたしはエマの感情を思った。触れなくても冷たく凍《こご》える様《さま》がありありとわかった。しかしそれは、わたしにとっても懐かしいものだった。

「母は、手紙は燃やしたと言っていました。でも、母の死後、この書き写した手紙が出てきました。私には母がどんな気持ちで、どんな目的でそんなことをしたかはわかりません」ルイーズは水色の封筒の端をそっと撫でた。「母はあなたの住所も突き止めていました。だけど、手紙は出さなかった。本当はずっと伝えたかったのだろうと思います。だから、母が死んでから、私はあなたにこの手紙を出したのです」

　本当にごめんなさい。ルイーズはもう一度謝る。わたしは黙っている。怒るべきだったのかもしれない。でもそういう気持ちにはなれない。少女のときの自分からすると、わたしは歳をとりすぎていた。

「エマの話をして」代わりに、わたしは言う。「どんなことでもいいから、あの子のことを」

ルイーズは肩の力が抜けたように、椅子に腰を下ろす。そして、話し始める。エマは孤児院を去ったあと、レジスタンス活動に身を投じたこと。ルイーズの父親とはそこで出会ったこと。戦争が終わってすぐにルイーズが産まれたが、父親とは離婚をし、いろいろな葛藤を経て戦後復興の著しかったドイツに移住したこと。おしゃべりが好きで、たくさんの物語を話してくれたこと。小人の話、島の歌うたいの王女の話、豚に変身する肉屋のご主人。わたしはそれを聞きながら、涙を止められない。エマの中で、わたしは息づいていた。ずっと。手放さなければよかった。嘘をつき続ければよかった。でも、もう遅かった。何もかも。

「そのノートは差し上げます」

去り際、彼女はそう言う。「母もきっと、そのつもりで書いたのでしょうから」

わたしたちは長い抱擁をする。恐らくもう二度と会えないと、わたしたちは知っている。距離も法律も感情も、すべてがそう告げている。

「ブドウ畑」

ルイーズは思い出したように言う。「ブドウ畑が見えると、母は最期に言っていました」

エマは帰るべき場所に帰ったのだろう。そう思うと、少しだけ心が楽になる。そして、ドアは名《な》残《ごり》惜しそうに音を立てて閉まり、わたしはひとりになる。

スツールに腰かけ、ノートを開き、わたしはエマの物語を読み始める。

＊

Mへ

[redacted]です。[redacted]。[redacted]

[redacted]。ああ、あなたを愛してる。

D

＊

モリスが来たときも、わたしはまだノートを読んでいる。夜もだいぶ更けたころだった。

「何を熱心に読んでるんだ?」

ハグをしながら、彼は訊ねる。わたしは答えず、ノートを閉じる。

「決行の日が決まった」

窓の外をカーテンの隙間からモリスは眺める。「来週の日曜だ。詳しいことはまた手紙でいつものところに」

「行けない」

わたしは短く言う。モリスの動きが止まる。質《たち》の悪い冗談でも聞いたかのように薄笑いを浮かべ、わたしの方を見て、表情を確認すると、その笑みも消える。

「どうして」

「わたしはこの国に残る」目を伏せ、答える。「あなただけで行って欲しい」

「そんないまさら」

モリスはテーブルを叩く。「どれほどの苦労をしたと思ってるんだ」

ごめんなさい、とわたしは謝る。モリスは、わたしが想像していたよりも怒り、呪いの言葉を吐く。わたしはただ立って、彼の言葉の洪水を受ける。彼はわたしの手に目を向ける。

「そのノートが関係あるのか」

「ない」

わたしは告げた。「これはわたしの意志」わたしの罰、とは口に出さない。モリスはなおも何かを言おうとして、わたしの目を見て、口を噤む。ため息すら吐かない。

彼が出て行ったあと、わたしはまたノートを開く。エマの物語。そう、これはエマの物語だ。主人公は「マリー」というわたしの姿を借りているが、わたしの物語ではない。

「ヴィクトル」

わたしは声に出し、その名を呼ぶ。聞いたことがない、その名を。

確かに孤児院で兵士は見つけた。エマと二人で匿《かくま》った。でも、その兵士はドイツ兵だった。ある日、兵士はいなくなった。わたしは行方を知らなかった。きっと逃げたのだろうと思っていた。エマもそう言っていた。だけど、大人たちは見つけたのだ、彼のことを。異分子を。淀んだ空気の吐き出し口を。その兵士の名前は、ダニーと言った。

エマの物語は、嘘の物語だった。そしてその嘘は、わたしのためについたものだった。エマはわたしの出生に気がついていた。だから、ドイツ兵への仕打ちを知ったとき、わざとわたしが孤児院から出て行くように仕向けた。墓地の小屋での西日をわたしは思い出す。わたしを助けるために、回した腕を。男の背中に手を添えながら、彼女はわたしを見た。その瞳の意味を、嘘を、わたしは今まで気づくことができなかった。そして、その嘘が見破れるのも、一緒に過ごしたわたししか、もうこの世にはいなかった。エマはそれを知っていた。嘘をつき通せる人間は多くない。このノートは、エマが見せた、最初で最後の弱さなのだ。わたしはそっとノートを抱きしめ、それから口づけをする。なんの温度もにおいも味もないそれを、わたしはずっと抱え続ける。

そしてわたしは、いつも通りに生活を続ける。工場では同僚たちの愚痴を聞き、ヘルガとは噂話を交換し合い、酒場で男たちの言葉を受け流す。モリスとは二度と会わない。その間にゲルダは死んだ。葬式の日は天気が悪く、人も少ない。彼女の息子だという人が、丁寧にお礼を述べる。

「お袋は年金ももらってたし、こっちに来ようと思えば来れるはずだったんです」

彼は〈西〉の人間だった。葬式のためにわざわざやって来たのだ。年金受給者は向こう側へ移住できるという話は聞いたことがあったが、ゲルダはそうしなかったと言う。「何度も手紙を送ったんですけど、ぜんぶ屑箱に捨てられていました。確かに、俺は逃げ出したし、孝行息子ではなかったから、嫌だったんでしょうね」

そう言って、彼は小さく笑う。みんな嘘をつく。わたしはそう思う。

「手紙を」でも、わたしは続ける。続けなければならない。「わたしがゲルダに手紙を読んであげればよかった。あなたがどんなに愛していたかを、伝えてあげればよかった」

彼はぽかんとした顔をしていたが、すぐに背中を向ける。わたしはその背をゆっくり撫でる。

今でも手紙はときどき読み返す。ママの歌声が聞こえる。ママは小人を最期に見たのだろうか。あのときママがもし、野菜スープを飲んでいたら、家を出ることもなく、パパと出会うこともなく、わたしも産まれず、エマはエマのままだったかもしれない。それは誰にもわからない。いつか小人の王様に会えたら、わたしは訊いてみたい。わたしたちの嘘は、本当になりましたか、と。

時は過ぎ、工場の顔ぶれは変わり、ヘルガは突然いなくなった。ジーンズと砂糖のために、

〈西〉へ旅立ったのだろう。わたしはというと、この国に残り続けている。いつか、この国はなくなってしまう。そのことがわかっていたとしても、わたしは残り続ける。型が合わない椅子に座り続けている。

わたしがエマの物語を読むことは二度とない。すべて覚えてしまった。頭の中で彼女の言葉を繰り返していると、自分とエマの境界がぼんやりしてくる。釣りをしたのはわたしではなかったか。シスターと話をしたのはエマではなかったか。ダニーの行方を見たのは誰だったのか。矢を放ったのは自分ではなかったのか。わたしは代わりに、新しいページに、新しい物語を書き足す。「一九四〇年、わたしたちは嘘つきだった」と、その物語は始まる。そう、これは、嘘の物語だ。

日出子の爪

日出子《ひでこ》のクラスで爪を埋めるのが流行ったのは、夏休みのあとで、はじまりは、梅雨とは名ばかりの、天気のよい日のことだった。

クラスでホウセンカをひとり一鉢育てていた。ベランダに、行儀よく、教材費で買った青いプラスチック製の植木鉢が、ずらりと三〇人分並んでいた。それがすべて枯れ切ったのが梅雨の入りで、日出子のクラスの若い担任は、青筋を立て、「こんなことをする人間がいるのが許せない」と語った。

「先生は、先生の経験は少ない。でも、クラス全員のホウセンカが枯れるなんてことは、今までにあったこともないし、聞いたこともない。そんなおかしい子がこのクラスにいるのが信じられない」

教室は水を打ったように静かで、しかしその静けさは倦《う》んだ感じのある静寂だった。一時間目の授業は、彼の説諭と「手を挙げなさい」のあとの沈黙でとうに潰れており、二時間目に入るころには、トイレに行きたいと言い出した子に、「ほら、その誰かのおかげでトイレに行けない子まで出てきているぞ」という事態まで発生していた。結局、日出子の隣のサキちゃんがおもらしをして床を水びたしにし、教室中が騒然となったところで、犯人捜しは終了となった。それ以来、その若い担任は学校から姿を消したので、どうなったかはわからない。

ホウセンカを枯らした犯人は日出子だった。だが、日出子はホウセンカを枯らしたいわけではなかった。日出子は味噌《みそ》が嫌いだった。給食には味噌が入っているものがたくさん出てきた。小松菜と油揚げの味噌汁、豚肉の味噌炒め、大根の味噌煮。特別メニューの味噌焼きおにぎり、なんてものまであった。毎日、とまではいかないが、日出子の通っていた学校は、市全体で和食推進に勤《いそ》しんでいたため、週に何回かは味噌関連の食事が提供された。それを、日出子は植木鉢に捨てていった。出席番号一番のアカサカさんから始まり、ヤナギダくんまで、毎日順繰りに捨て、土と混ぜた。辞めてしまった若い担任は、すぐに腹痛を起こす人で、給食中はほとんどいなかったから、ベランダに出るのは容易だった。クラスのみんなも、日出子のことをあまり気にかけないというか、たぶん、友達だと思っている子がひとりもいなかったので、誰もその行動を咎《とが》めなかったし、声をかける子は誰もいなかった。味噌に含まれている塩気が土壌を破壊したのだろうが、日出子はそんなことを知るはずもないし、若い担任のことは可哀想に思ったが、自分のしたことと結果がどれほどの強さでもって結びついているのか考えあぐね、手を挙げ損ねた。彼が去ってしまった今となっては、あのとき「わたしがやりました」と手を挙げておけばよかったのかもしれない、と日出子は微かに後悔した。

ベランダの植木鉢は枯れたままあり続けた。やる気に満ち溢《あふ》れた新しい女の担任が、「私はやってしまった子が告白するのを待っていますよ」と、そのままにしたためだ。だから、みんなの植木鉢はまっ平《たいら》の土になったか、葉も落ちた茶色の茎が弱々しく立っているだけになった。そこに爪を入れ始めたのは、おもらしをしたサキちゃんだ。サキちゃんは爪を噛《か》む癖があって、なおかつその爪を机の中の道具箱に溜める癖もあった。新しい担任は、「こんなものを溜めてはいけない」と、なぜか涙ながらに訴えた。「あなたはもっと自由になっていい。爪なら先生が切ってあげるから。古い自分を捨ててしまいなさい」サキちゃんは強情そうに口を真一文字《まいちもんじ》に結び、みんなに見られないように道具箱を体で覆い隠していたが、「なら先生が捨てます！」ととりあげられそうになると、慌てて半泣きになりながら「捨てます捨てます」ととり戻した。女教師は「明日確認しますからね」と、さっさと他の子と一緒に下駄箱の方に降りていってしまった。日出子が、「わすれものしましたぁ」とその帰りの列から教室に戻ると、サキちゃんはベランダにいた。自分の植木鉢の前でしゃがんでいる。横には、空っぽになった道具箱。

「うち、爪、植えてみたん」

サキちゃんは日出子が三年生になってから転校してきた子で、西寄りの訛《なま》りがあった。「捨てるなんて、もったいないやん」

もったいない、という感覚は日出子もわからないでもなかった。日出子だって、味噌汁を流しに捨てなかったのは、その味噌がホウセンカの栄養になるんじゃないかと思ったからだ。日出子はサキちゃんと一緒にじょうろに水を汲《く》むと、植木鉢が池になるまでたっぷり注いだ。なにが生えるかな、とか、そんなことは口にせず、二人はただ黙ってその水が土の中にゆっくり吸いこまれるのを見ていた。

そのサキちゃんの植木鉢から指が生えてきたのは一週間ぐらい経ってからだった。「ヒーちゃんヒーちゃん」と、帰りの下駄箱の前でサキちゃんが呼び、「指、生えてきた」と、こっそり耳打ちした。え、と意味がわからず訊《き》き返すと、「指」と、自分の人差し指を彼女は立てた。

「おかあさん指かはわからんけど、指、生えてきた」

日出子はサキちゃんと一緒に、そのまま教室へと戻った。ほら、とサキちゃんが見せた植木鉢からは、確かに肌色のキノコのようなものが生えていた。まあるいそれは、指のように見えなくもない。

「指やろ?」

わからない、と日出子は思ったが、目をキラキラさせているサキちゃんにそう言うのも申し訳なくって、「そうだね」と小さく頷《うなず》いた。「触ってみる?」という彼女の言葉に、おそるおそるつついてみると、柔らかく、弾力があった。

それから放課後、二人でその指の成長を見守るのが習慣になった。指は徐々に成長を続け、第一関節ぐらいまで顔を出した。指紋はなく、爪もついていないそれは、やっぱり傘のないキノコのようではあったけれど、たぶん指なのだろう、と日出子は思うことにした。基本的に誰もベランダに出ないし、枯れた植木鉢なんてみんな興味がないから、しばらくは二人だけの秘密になった。

日出子は特技も好きなこともない凡庸な子どもだったが、小さいころからピアノを続けていた。母親がピアノ教室を開いていて、他の生徒のおまけのように練習をさせられていたのだ。

「あんたは指が短くって」

弾《ひ》き間違いをするたびに、母親はそう言った。それは指導でも怒りでもなく、単なる事実の再確認、という感じだった。今年の夏は暑くって、最近雨が多くって。そのたびに日出子は自分の一〇本の指を広げてまじまじ見つめ、確かにそうかもしれない、と思った。自分の指は短い。ピアノの幅に合っていない。

母親の指は長くきれいだった。演奏の邪魔になるからと、余計な装飾はなかったが、爪はいつもやすりで磨かれ、楕円でまあるく整えられていた。甘皮などひとつもなく、健康的な桃色は、どんなマニキュアよりも彼女の指の美しさを際立たせているように思えた。彼女の指はその姿のまま、滑《なめ》らかに跳ねた。水面を走るように。

「爪は古い過去のかたまり」

どうしてそんなに整えるのかと質問をしたとき、日出子の母親はそう答えた。「爪は爪の先がいちばん古い。だから、それを削り、磨くことで、新しくなっていく。常に新しい自分でいなさい」

合点《がてん》のいかない表情の日出子に、「指は繊細だからよ」とも母親は付け加えた。「巻き爪にでもなってごらんなさい。ひとつの小節の叩き方がおかしくなって、曲全体が狂ってしまう」日出子はいつも母親から爪を切り、整えるように言われていたため、植木鉢に埋めるべき爪などなかった。

指が短い、と言われるたびに、日出子はサキちゃんの育てている指を思い出した。あの指は、子どもの指のようにも見えたが、すらりとして長かった。サキちゃんの指を特別そう感じたことはないから、あれはサキちゃんの爪から生まれたものだとしても、サキちゃんの指ではないのかもしれない。服を着替えるように、あの指をつけかえられたら、ずいぶんとピアノの練習は楽になるだろう、と日出子は考えた。でも、一本だけでは困るから、あと九本生やさなければならない。それはずいぶんと面倒くさそうで、面倒くさいことの嫌いな日出子は、その想像を五秒ほど保つだけでいつも放り出してしまった。


夏休みのあと、日出子とサキちゃんの秘密にトオルくんが参加するようになったのは、サキちゃんがしゃべったからだった。ほんまごめんん、とサキちゃんは手を合わせたけど、サキちゃんはトオルくんのことが好きだから仕方ない、と日出子は思った。

「キノコみたいだね」と、トオルくんは冷静に言った。「指だとしたら、薬指かな」

何指かなんて気にしてなかったから、なるほど、と日出子は思った。そう言われてみると、小指や親指ではなさそうだし、中指とか薬指っぽさがあった。

「日出子さんはやってみたの?」

トオルくんは誰にでもさん付けで呼ぶ。その言い方がこそばゆくって、日出子は下を向きながら、「ううん」と首を振った。なんだ、もったいない、とトオルくんは、自分の爪をがじがじ噛みだした。そして、彼のからからに乾いた植木鉢の土に人差し指をずぼっと差して穴をつくり、そこに爪を入れた。

「サキさんのは一週間ぐらいで生えてきたんだよね?」

そうだよ、とサキちゃんはこっちのイントネーションで答えた。顔もちょっと赤くなっている。「水はどのぐらいあげたの?」「たっぷり」「毎日?」「毎日」と、二人は会話を続け、ふむふむとトオルくんはいちいち頷いていた。三人は顔を寄せ合って話していたから、日出子のすぐ横に彼の顔があった。話すたびに、彼の口から息がもれる。ミントの香り。歯磨き粉だろうか。日出子はトオルくんが、彼の家の洗面台の前で薄緑の歯磨き粉をたっぷりとつけて、前歯から奥歯まで、丁寧に歯ブラシを動かす様子を思い浮かべた。

一週間経っても、トオルくんの植木鉢からはなにも生えてこなかった。トオルくんは特にがっかりした様子もなく、「きっとサキさんの育て方がなにか違うからだろうね」と、澄ました表情で言った。サキちゃんはうつむいて、そんなこと、と、やっぱり顔を赤くしていた。サキちゃんの指は、第二関節の手前ぐらいまでひょろひょろと成長していた。トオルくんはそれをつまんだりつついたりして、よく観察していた。

「サキさんの育て方をもう一度よく教えてくれないかな」

トオルくんはそう言い、サキちゃんとおでこがごっつんこするぐらい近くでメモをとった。水をあげる時間、量、日向《ひなた》と日陰の割合、天気の違い。サキちゃんが答えられないことは、自ら調べた。トオルくんは窓際の後ろの席にいたので、授業の合間にちょこちょこと観察を続けていた。日出子はその様子をときどき眺めて先生に怒られ、サキちゃんはもっと上手に、そっと彼の横顔をうかがっていた。

この三人の「世話」がクラス中に知れ渡ったのは、トオルくんが広めたからで、サキちゃんはかなり落胆した様子を見せていた。三人だけの密やかな集いだと彼女は考えていただろうし、日出子もそんな印象を持っていたから、トオルくんが、他の同級生に教えたことは意外だった。

「こういうことはね、仲間がたくさんいたほうがいいんだよ」

こういうこと、というのが日出子にはよくわからなかったのだが、がっかりしながらも、サキちゃんは熱心にトオルくんの話に耳を傾けていた。「サキさんの爪からどうして指が生えてくるのか、その原因がサキさんの育て方にあるのか、他にあるのか、いろいろな人といっしょに試してみる必要があるんだ」

みんな、おそるおそるという感じで、サキちゃんの植木鉢の周りに集まった。気持ち悪い、という子もいれば、面白がって、その指を弾《はじ》いて遊ぶ子もいた。どちらもトオルくんはたしなめ、「これは実験なんだよ」と諭《さと》した。「もしかしたら、世界がびっくりするような発見かもしれない」

クラスの半分ぐらいの子がその「実験」に参加し、もう半分の子は関心がまったくなくてドッジボールで遊ぶ方を選ぶか、なにか「いけない」ことをしていると先生に言いつけたりした。新しい担任は、「みんなで一生懸命育てるなんてステキじゃないですか」と問題にせず、やたらとサキちゃんの頭を撫でた。サキちゃんはその間、ずっと目を伏せていた。

トオルくんは、クラスの半分の子たちをグループに分け、水の量や日照時間を調節していった。ササキさんは水の量をじょうろの半分に、ヤダさんはいつも日が当たる場所に植木鉢を動かして、のように。一週間、二週間が過ぎ、それでも指は生えてこなかった。その間に、ひょろひょろとはしていたが、サキちゃんの指は第二関節まで伸び、ときどき意思があるようにぐねぐねと動いた。

「たぶん、量やないかな」

トオルくんの言いつけ通りに水を汲んだり植木鉢を動かしたりしていたサキちゃんだったが、あるときそう言った。「うちはいっぱい爪を溜めこんでたから、みんなが植えるよりもたっぷり爪があったんよ。そのせいやないかな」

隣で日出子たちの会話を聞いていたトオルくんは、なるほど、と頷いた。サキちゃんの言葉を信じているのかいないのか、なんとも判断のつかないのっぺりした表情を浮かべていた。

「サキさんはどれぐらい爪を入れたの?」

サキちゃんは、トオルくんの質問にしばらく考えこんでいたが、「……たくさん」とだけ答えた。トオルくんは、「たくさんじゃわからないよ」と微笑み、「いつから爪を溜めていたの?」と訊《たず》ねた。

「小学校入ったときから、ずっと」

「一年生からってこと?」

日出子は口を挟んだ。「この学校に来る前からずっと溜めてたの?」

恥ずかしそうにサキちゃんは頷いた。日出子は、彼女の古びた道具箱を思った。紙製のそれは、ところどころが剝《は》げ、テープで補修されている。そして、新しい担任に捨てられそうになるまで、彼女は爪を嚙み続け、そこに爪を入れ続け、この町までその道具箱を抱えてきたのだ。

「それはすごいね」

称賛とも、嘲《あざけ》りともとれる感想をトオルくんは口にし、しばらく考えこんでいたが、試す価値があると判断したのか、翌日から、爪を集め始めた。

「できる子だけでいいから」

笑顔で、トオルくんは爪を植えるグループの子どもたちに声をかけた。空っぽの牛乳瓶を見せている。「少しずつみんなのものを溜めよう。この瓶がいっぱいになったら植えるんだ。みんなでがんばろう。がんばって、いいものを育てよう」

少しずつではあるが、牛乳瓶に爪が溜まってきた。爪切りできれいに切りとられた半月形のものもあれば、ほとんど原形をとどめていないぎざぎざの塊《かたまり》もあった。トオルくんは、どんなものにせよ、爪を入れてくれた子には、男女かかわらず、必ず握手をした。右手で握り、そっと左手を添える。トオルくんの手は、歳のわりに大きくがっしりとして、大抵の子の右手は、彼の右手にすっぽり包まれた。握手は五秒ほど続き、握手された子どもたちは、はにかみながら目をそらし、自身の左腕を見た。彼らの左腕は、所在なげにだらんとしていた。

サキちゃんの指は付け根あたりまで生えたまま、成長が止まっているように見えた。日に当てると眩《まぶ》しそうに身をくねらせ、水をあげると、第二関節あたりがぐじぐじと曲がった。みんなは爪を集めるのに夢中になっていたから気がつかなかっただろうが、サキちゃんはあまり指の世話をしなくなっていた。トオルくんのロッカーに隠された、日々爪が溜まっていく牛乳瓶のガラスを掃除の時間にじとっと見て、ずうっとなにかを考えていた。

「サキちゃん」

日出子はそんなとき、彼女の肩とか背中をたたく。やさしく、やわらかく。サキちゃんは、電源が急に入ったおもちゃみたいに、ぎこちなく振り向く。

「うちの薬指ね」サキちゃんはあるとき、そう言った。「なんだか、すーすーするん。風が吹いてるわけでもないのに、つめたあい空気が、薬指だけ、ひいんやりって」

日出子はサキちゃんの左の薬指を手にとった。ぷくぷくとした彼女の指はあたたかく、日出子には彼女の言葉がよくわからなかった。だから、両の手で包みこんであげると、「くすぐったい」と、彼女は笑い、日出子もつられて笑顔になった。弱々しい光が、窓から、ふたりを包んでいる。

トオルくんが一週間ほど休んだのは秋も深まったころで、クラスの子どもたちの協力もあってか、爪は牛乳瓶に半分ほど溜まっていた。

どうしたの、というクラスメイトの質問に、久しぶりに登校したトオルくんは黙って微笑むだけだったし、それだけでやり過ごせるだけの涼やかさがあった。もしサキちゃんがその場にいたら、きっとまた頬を赤くしてうつむいてしまうだろうと思ったが、彼と入れ替わるように、彼女も休んでいたから、本当にそうなるかはわからなかった。

　意外だったのは、トオルくんがもう、爪を集めることにあまり興味をもっていないことだった。もちろん、爪はそれからも毎日牛乳瓶に溜められた。クラスメイトが持ってくるたびに、トオルくんは握手をしたし、左手も添えた。柔らかく微笑んだ。でも、注意深く見ていなければ誰も気づかなかっただろうが、その時間は一秒ほど短く、機械的だった。

　中休み、日出子はひとりでベランダにいるトオルくんを見つけた。声をかける気などなかったが、ちょうど振り向いた彼と目が合った。手招きをされたわけでも、合図があったわけでもないのに、するすると、引き寄せられるように日出子はベランダの扉を開けた。

「日出子さんは、どうして爪を植えないの?」

　トオルくんは訊いた。日出子は、一〇本の指を、彼の目の前で広げてみせた。

「ほんとだ」トオルくんは、鼻がくっつきそうなぐらい、日出子の指に顔を近づけた。「すごくきれいに短く爪を切ってるんだね。これは植えるのが難しそうだ」

　日出子の毎日の爪切りは続いていた。一度、切った爪を集めて学校にもっていこうとしたのだが、母親に「汚らしい」と見咎められ、試すことができなかった。

「わたし、わたしの指、好きじゃないんだ」

　じっと見られることが恥ずかしくなり、拳をつくって、日出子は両手を背中に回した。「短いし、爪も、変な形だし」

「そんなことないよ」

トオルくんは、日出子の右手をとった。思わず振り払おうとしたが、彼の手はがっちりと彼女をつかんでいた。「とてもきれいな指だ。柔らかくて白くて。なにか音楽でもやっているの?」

ピアノ、と言うと、トオルくんは「そうなの!」と驚いた声を上げた。「僕の母さんもピアノをやってたんだ。ずうっと続けてきて、コンサートも開いたことがあるんだよ」

それから、日出子の指をひとつひとつ、点検するように矯《た》めつ眇《すが》めつ見ると、彼女の小指を、トオルくんは咥《くわ》えた。あっ、と日出子は短く声を上げたが、トオルくんは離さなかった。彼のなまあたたかい口の中で、指の先に歯が立てられるのを感じる。

「ほら、まだ爪がとれる」

彼は自分の口の中から、小さな白いかけらをとりだした。涎《よだれ》にまみれた日出子の爪は、彼の掌《てのひら》の上で、生き物のようにゆっくりと倒れかけている。日出子はどうすればいいかわからず、ただその様《さま》を眺め、5番、という言葉が頭に浮かんだ。指番号。トオルくんは、日出子の指を順番に咥え、順番に爪を噛み、自分の掌に溜めていった。5番、4番、3番、2番、1番。ソ・ファ・ミ・レ・ド。一方、左手は変則的で、5、3、4、2、3、1。中指の爪は、他のものより伸びていたのかもしれないし、朝ごはんのいちごジャムが挟まっていたのかもしれない。ド・ミ・レ・ファ・ミ・ソ。旋律が響く。ソファミレド、ドミレファミソ。それは、いつも日出子が指づかいの練習で行う音階だった。

トオルくんの掌には、涎と、日出子の爪がほんの少し溜まった。トオルくんは日出子のまっさらな植木鉢に人差し指を差すと穴をつくり、そこに日出子の爪を入れ、土をかぶせた。それから、「これは特別に」と、ジャンパーの胸ポケットからごそごそとなにかをとりだし、日出子の掌に置いた。爪だった。それも、爪切りで切ったものではなく、まるまるとした、一枚の爪。剝がされた、楕円の爪。血が通っているように、薄桃色をしている。

「一枚だけ?」

とりあえず、日出子はそう訊ねた。トオルくんは黙って、植木鉢を指した。日出子の両隣の「タカギさん」に「タケウチさん」。それから、残り、順番に、七個。最後に、日出子の右手の掌に載せられた、一枚の爪を示し、いつものように微笑み、ベランダから出ていった。とり残された日出子は、そっと爪を眼前に近づけ、よく見ようとした。ミントの香りが鼻をくすぐり、消えていった。

久しぶりにサキちゃんが来た日はあたたかく、多くの子どもたちは中休み、校庭に遊びに行っていた。サキちゃんはトオルくんと一緒にベランダにいて、日出子は廊下側の自分の席で、本を読んでいた。読むふりだった。

サキちゃんはトオルくんに紙袋をあげていた。遠目からではなにが入っているかはわからないが、爪であることを日出子はこっそりと、サキちゃんがいないときに、彼女の席を探って確認していた。紙袋いっぱい、というほどでもなかったが、相当な量、そこには切られた爪のかけらが詰まっていた。トオルくんはいつもと同じように笑顔で、サキちゃんと握手をした。でも、それが二秒短いことに、日出子は気づいていた。

それから放課後、日出子はひとり帰るトオルくんの後を追った。駅前を抜け、商店街を通り、突き当《あた》りにある公園に彼は入っていった。日は暮れかけている。トオルくんは迷わず歩いていき、坂をのぼった先にある池の前で立ち止まった。ランドセルを開け、サキちゃんが渡した紙袋をとりだすと、ためらいなく、中身を池の中に捨てた。遠くからでも、ぱらぱらと、彼女の集めた爪が舞う様子を、日出子は見ることができた。叫び出しそうになる口を手で押さえ、最後のひと振りをトオルくんがするのを見届けるまで、日出子は待った。

トオルくんが行ってしまうと、日出子は彼のいた場所に立ち、池の水面を見た。そこには、鯉《こい》がぱくぱくと大きな口を開けて、爪を食べていた。口がいくつも水中から現れ、サキちゃんの爪を飲みこむ。あらかた食べ終えた鯉は、なおもなにかないかと、日出子に迫るように口を開け続けている。日出子はコートのポケットにしまいっぱなしだった、トオルくんの爪を出した。まあるい楕円のそれは、ベランダでの秋の日と変わらず、生き生きとした薄桃色をしていた。日出子はつまみ、池にかざし、指を離した。ひときわ大きな黒い鯉が、跳ねるようにそれを食べた。すると、その鯉はみるみる巨大になり、鱗《うろこ》は髪の毛になり、瞳は薄青く、肌が白く染まっていった。鰭《ひれ》がぎゅぎゅぎゅっと腕に変わり、伸びて、その先についた長く美しい指が日出子の首にかかった。鯉の顔は鯉のままで、もう少しでその顔が人間のそれへと変わる前に振りほどき、日出子は駆け出した。あの指は九本だった。日出子は駆けながら、首の感触を確かめる。あれは九本だった、九本だった……駆けて駆けて、日出子は家に帰ったはずだし、眠ったはずだし、朝起きてごはんを食べたはずなのだけれど、彼女は次の瞬間に、教室にいた。給食には、彼女の嫌いな味噌汁が出ていた。厚揚げとキャベツ。新しい担任は、班になった子どもたちと一緒に楽しげに給食を食べている。笑い声が起こる。背中を向けている。日出子は味噌汁のお椀《わん》を持ち、立ち上がる。クラスメイトたちはおしゃべりに夢中で、誰も日出子のことに気づかない。いや、ひとりだけ、サキちゃんだけは、じっと日出子を見ていた。日出子はベランダに出て、出席番号一番から順番に、植木鉢に味噌汁を注いでいった。公平に同じ量だけ注げるよう、お椀の傾きを気にしながら、順番に、最後まで。サキちゃんの植木鉢にも、平等に、おんなじ量を。サキちゃんは日出子のことをずうっと見ていたし、日出子はサキちゃんのことを一度も見ようとしなかったけど、彼女の視線が、自分の肩や背中あたりに触れるのを感じていた。やさしく、やわらかく。

サキちゃんの薬指が枯れてしまったとき、また一時間目から、担任による説教が始まった。彼女の訴えは感情的で、真に迫るものがあった。先生は怒る気はありません、こんなことをする人の心が心配なんです、どんなに暗く深い闇の中にいるのか、冷たい場所にいるのか、かわいそうだ、かわいそうだ、私はそれを救ってあげたい、だから、この場で、いまこの場で、名乗り出て欲しい……二時間目が終わり、中休みがつぶれても、日出子は手を挙げなかった。前を向いて、口を真一文字に結んで、断固として、手を挙げなかった。

それからしばらくして、トオルくんは転校していった。その報《しら》せを聞いたとき、日出子は自分のせいかと思ったけれど、担任の説明は「トオルくんのお母さんが亡くなったのです」と短いものだった。一週間ほど休んだあの秋の日、トオルくんのお母さんは病気で亡くなったのだそうだ。日出子は抑揚のない担任の声を聞きながら、自分の爪を、一枚一枚、丁寧に眺めた。それは、どこからどう見ても、日出子の爪だった。

冬休みの直前、ようやくベランダを片付けることになった。だが、日出子の植木鉢はなかった。それはいつのまにかなくなっていた。日出子はぼんやり、「タカギさん」と「タケウチさん」の間にぽかんと空いた空白を見ていた。

その日はピアノの練習の日だった。「子猫のワルツ」。

「左手が男の人だと思いなさい」母親は言った。「右手があなた。男の人が、ダンスをリードして、あなたがそれについていくの」

冒頭のアルペジオから、日出子の左の指はいつも遅れている感じがあった。右手の指は、2番だろうが5番だろうが、快活に元気に跳びはねている。それをコントロールするのに苦労して、左手は追いつくことができない。追いかけっこというより、一方的に踊りを見せられている。でも、今日は違った。左手は、ワルツの一拍目から、鍵盤に吸いつくように指がついてくる。1番も5番も3番も、高さをそろえて和音を奏でることができている。音が寸分もたがうことがない。左手はやさしく日出子の腰を支え、リードしながら、広いお城のような会場をぐうるぐると回り、日出子は天井の高いそれを思い浮かべる。短い曲だ。全力疾走で駆け抜けて、たどり着いた先の丘の上から町を見下ろすような爽快感がある。だけど、今日はそこから見える町は霧深く埋もれ、今にも雨が降り出しそうな、冷ややかな風が吹いている。

最後の四音を終えると、母親は黙って頷いた。何度も。それから、疑《うたぐ》り深そうに、日出子の左手をとり、まじまじとその裏表を眺めた。そして、日出子は、それぎりピアノを弾かなくなった。


冬休みが明け、空っぽのベランダに薄い光があらゆる影を長く伸ばしていた日々の終わりに、雪が降り始めた。温暖な海風の吹く町で、雪が降るのは珍しかった。中休みに、子どもたちは校庭に出て、その白い雪をつかもうと走り回っていた。日出子は窓の向こうから、その様子をじいっと見た。手が何本も、空に向かって、伸びている。何本も、何本も。

帰り道、サキちゃんが学校近くのポストの前に立っていた。まだ小雪がちらついているし、地面にはうっすらと雪が積もっている。どのぐらい待っていたのだろう、彼女のぺちゃんこの鼻先も、手袋もしていない指の先も、真っ赤だった。日出子は、黙ったまま、彼女の手を握った。サキちゃんも握り返した。二人は歩き出す。

「見て」

互いの分かれ道の十字路で、日出子は手を広げてみせた。日出子は爪をまったく切っておらず、それは伸びに伸びていた。

「魔女みたい」

サキちゃんは日出子の指をつまんだ。

「魔女なのよ」

日出子はそう返した。サキちゃんはまだ日出子の指をつまんでいる。不恰好《ぶかっこう》で短い薬指。

「もっと魔女にしよう」

そう言うと、サキちゃんはランドセルから小瓶をとりだした。マニキュア。「お母さんのパチってきた」それは濃い緑色だ。ベースコートなんて日出子たちは知らないから、そのままどろりとした液体を、ハケでべったり日出子の爪に塗る。親指、人差し指、中指……。一〇本の指を塗り終えると、サキちゃんはふーっと息を吹きかけてくれた。乾いていないそれは撚《よ》れて波打ち、模様をつくる。

「変だね」

「おかしいね」

それから日出子も、サキちゃんの爪を塗った。一枚一枚丁寧に。若いどんぐりのようなその爪を空にかざす。雪のかけらがくっつき、しばらく身を捩《よじ》るようにしてきらめいたあと、ゆっくりと溶けていく。

「乾いた?」

「乾いた」

ふたりはお互いの顔の前に手を広げ、掌を重ねた。鼻にくっつきそうなそれは、においもなにも、しなかった。

初出一覧

ニューヨークの魔女……………………「スピン／ｓｐｉｎ」第４号、河出書房新社、二〇二三年六月
ファーサイド……………………………………………ｐｉｘｉｖ、二〇二一年六月
〈日本ＳＦ作家クラブの小さな小説コンテスト　日本ＳＦ作家クラブ賞〉
リトル・アーカイブス…『ＳＦアンソロジー 新月／朧木果樹園の軌跡』Kaguya Books、二〇二一年八月
リモート……………………………………………ＶＧ＋、二〇二〇年七月
〈第１回かぐやＳＦコンテスト　審査員特別賞〉
私のつまと、私のはは……………………………………………書き下ろし
あーちゃんはかあいそうでかあいい………『零合 百合総合文芸誌』零合舎、二〇二三年二月
電信柱より………………ｐｉｘｉｖ、二〇二一年一月／「ＳＦマガジン」二〇二一年八月号、早川書房
／『ベストＳＦ２０２２』竹書房文庫、二〇二二年八月
〈第３回百合文芸小説コンテスト　ＳＦマガジン賞〉
嘘つき姫………………ｐｉｘｉｖ、二〇二二年三月／「コミック百合姫」二〇二三年一月号、一迅社
／『百合小説コレクション ｗｉｚ』河出文庫、二〇二三年二月
〈第４回百合文芸小説コンテスト　大賞〉
日出子の爪……………………………………………書き下ろし

坂崎かおる《さかさき・かおる》

一九八四年、東京都生まれ。二〇二〇年、「リモート」で第１回かぐやＳＦコンテスト審査員特別賞を受賞後、多くの文学賞やコンテストで受賞・入賞を果たす。おもな作品に「封印」（『乗物綺談　異形コレクションLVI』光文社文庫）、「いぬ」（『水都眩光　幻想短篇アンソロジー』文藝春秋）、「僕のタイプライター」（『幻想と怪奇　ショートショート・カーニヴァル』新紀元社）など。本書が初の単著となる。

嘘《うそ》つき姫《ひめ》

二〇二四年三月二〇日　初版印刷
二〇二四年三月三〇日　初版発行

著者　坂崎かおる
発行者　小野寺優
発行所　株式会社河出書房新社
〒一五一-〇〇五一
東京都渋谷区千駄ヶ谷二-三二-二
電話　〇三-三四〇四-一二〇一（営業）
〇三-三四〇四-八六一一（編集）
https://www.kawade.co.jp/

装画　はむメロン
装幀　名和田耕平デザイン事務所
（名和田耕平＋小原果穂）
印刷　株式会社亨有堂印刷所
製本　小泉製本株式会社

Printed in Japan　ISBN978-4-309-03178-1